二見文庫

伯母の布団

睦月影郎

目次

伯母の布団

プロローグ

1

「本当に、お前は不思議な子じゃのう……」

祖父は、亮太《りょうた》の頭を撫でながら、よくそう言った。

休みに、東京の家に遊びに行ったときのことである。亮太の家は北関東にあるので、この港区高輪《たかなわ》にある南条《なんじょう》家には毎年の夏休みに遊びにいく程度だった。

広い庭に、戦前からある大きな屋敷が建っている。しかし半分は空襲で焼けたらしく、新しい建物が増築されていた。

亮太は、仏間があったり、薄暗く長い廊下のある古い方の半分が恐く、増築された新しい部屋にばかり居たがった。

「どうして?」

「ずっと昔に見た、座敷童《ざしきわらし》によう似ておる」

「ざしきわらし……?」

「化け物の一種でな、大勢の子供たちが遊んでいるとき、一人だけ知らない子が混じっていることがある。あるいは、誰もいない座敷にポツンと独りでいたり、人の布団の中に勝手に入ってきたりする」

「それは、悪《わる》モン……?」

亮太は、急に恐くなり、祖父の膝に乗りながら訊ねた。

「悪いことはしない。むしろ、座敷童の出た家は栄えるという。うちも、あの頃がいちばんよかった。座敷童が消えて間もなく、大きな戦争がはじまり、この家も半分焼けてしもうた」

祖父は遠くを見るようにしみじみと言ったが、亮太は、その妖怪が恐ろしいだけだった。

やがて夜、亮太は増築された部屋に一人で布団を敷いて寝た。

一緒に来た母親は、父親である祖父の部屋でやすんでいる。

もう十一歳、小学五年生だ。一人で寝るのが恐いなどとは言えない。祖父から聞いた妖怪の話がやけに気にかかり恐かったが、我慢して、早く眠ってしまおうと思った。

六畳の和室。中には古いタンスや洋ダンスが置かれている。普段は物置代わりに使われているのだろう。

都内とはいえこの辺りは静かで、広大な庭の樹々や草の中からは夥《おびただ》しい虫の声が聞こえていた。

次第に闇に目が馴れてくると、かえって年代物の洋ダンスから誰かが出てくるような気がしたり、あるいは天井の木目までが何やら化け物の顔のように見えてきてしまった。

と、そのとき音もなく襖が開けられた。

「……！」

亮太は息を呑み、腹に掛けていたタオルケットを引き寄せて潜り込んだ。

今夜は涼しいので窓は閉まっている。得体の知れないものは唯一の出入口から入ってきたので、亮太に逃げ場はない。

やがてその何物かは、そっと亮太の隣に添い寝してきた。

座敷童は、勝手に人の布団に潜り込んでくることがある、と祖父に聞いたばかりだった。

しかし亮太が声も出せずに震え上がっていると、

「震えてるの？　おばさんよ、恐くないでしょう？」

耳元で、甘ったるい囁きがした。

「え……？」

亮太が恐る恐る見ると、伯母の奈緒子《なおこ》が間近で笑みを浮かべていた。

奈緒子は三十代半ば。亮太の母親の、兄の妻である。母と伯父は腹違いのため、かなり歳が違い、伯父はもう六十近いのだ。それなのに奈緒子は、母よりも若く、亮太は綺麗なおばさんだなと常々思っていた。

伯父伯母夫婦には子がないから、遊びにくるたびに亮太は可愛がられていた。

「亮ちゃんが眠るまで、おばさんが居てあげますからね」

言われて、亮太もようやく安心し、彼女が来てくれたことを喜んだ。

2

奈緒子は浴衣姿で、亮太に腕枕してくれた。

もう五年生だからと、母親にさえ甘えることがなくなっていたから、こうして大人の女性の胸に顔を埋めて身体をくっつけるのも実に久しぶりの感覚であった。

浴衣を通して、ほんのりと甘い湯上がりの匂いがし、さらに近々と顔を覗き込んでくる奈緒子の、生暖かく湿り気を含んだ吐息が何とも心地好かった。それはうっすらと甘い、白粉《おしろい》の匂いに似ていた。

「ねえ、まだ眠くないでしょう?」

「うん」

「亮ちゃんは、女の人とキスしたことある?」

奈緒子が、甘い息で囁いてきた。薄暗い室内でも、奈緒子の白く豊満な頬とキラキラ光る目が見えた。

肌は透けるように色白で、やや下膨れの古風な顔立ちにエクボがあり、亮太はまるで天女か女神様のようだと思っていた。

そんな美人の伯母さんが、キスの話題を口にしてきたのである。

「ない……」

亮太は緊張しながら、首を横に振った。

「伯母さんとしてみる？　誰にも内緒で」

白い顔が迫り、甘い匂いが鼻腔に満ち、何だか頭がクラクラするようだった。

そして亮太が小さく頷くと同時に、奈緒子の唇がピッタリと密着してきた。

「……」

間近に奈緒子の顔が見える。まつ毛の長い目で、悪戯っぽく亮太の目を覗き込んでいた。

押しつけられる唇は柔らかく、弾力があり、何より美人の吐き出す甘い吐息だけで胸が満たされるのは心地好かった。奈緒子が強くキュッと押しつけると、唇の内側のほんのり濡れた感触が伝わってきた。

やがて力がゆるみ、しかし唇同士がほとんど触れ合ったまま奈緒子が囁いてきた。

「ベロ出して。汚くないのよ。嫌じゃないでしょう？」

言われて、亮太は恐る恐る舌を出した。

すると奈緒子の舌が伸びてチロチロと触れ合い、再び唇が密着してから、亮太の口の中にもヌルッと舌が侵入してきた。

それはうっとりするほど気持ちよく、もちろん少しも不潔とは思わないし、甘い唾液に濡れて滑らかな美人の舌を舐めるのは嬉しかった。

奈緒子は長いこと舌をからめながら、そろそろと手を伸ばし、亮太のパジャマのズボンに触れてきた。

股間を探り、手のひらでゆるやかに撫でてくる。

「ふふ、立ってる。気持ちいい？」

唇が離れ、奈緒子が言う。

亮太も、頬に血を昇らせてぼうっとなりながら、小さくこっくりした。

テレビでキスシーンなどあると、ペニスが硬くなってくるのを意識しはじめた頃だ。

「オッパイ吸ってみる？……」

奈緒子は、何度も苦しそうに大きく呼吸しながら言い、胸を開いてきた。

白く豊かなオッパイが弾け出てきた。奈緒子は自ら膨らみに手を当て、亮太の顔に突き出しながら乳首を含ませてきた。

亮太はチュッと吸いつき、顔全体を柔らかな膨らみに押しつけた。

湯上がりの香りに混じり、奈緒子本来のものであろう甘ったるい体臭が乱れた浴衣の内部に籠っていた。

舌で転がすと、唾液に濡れた乳首は、舌の圧迫を弾き返すようにコリコリと硬くなってきた。

「あん……、いい気持ち……」

奈緒子が鼻にかかった甘い声で喘ぎ、亮太の顔をギュッと強く抱き締めてきた。

「もっと強く吸って、そっと噛んでもいいわ……」

奈緒子は亮太の髪を撫でながら囁き、彼も夢中で乳首を吸い、言われたとおり軽く歯を立てた。

「こっちも……」

奈緒子はのしかかるようにして、もう片方を含ませてきた。

亮太の目の前に広がるのは、白い湯上がりの肌。

そして淡い体臭と甘い吐息の入り交じった匂いの渦の中で、今までにないほどの勃起を感じていた。

「ここ、いじってね……」

奈緒子は熱い息を弾ませながら囁き、亮太の手を握って裾の中へと導いていった。

浴衣の下には、何も着けていなかった。

滑らかな下腹と内腿が触れ、その中心に、柔らかな茂みがあった。

「もう少し下の方」

言われて指で探っていくと、いきなり熱くヌルッとした部分に達した。

男のように肉棒がないのが不思議だった。手探りではヌルヌルするばかりで、はっきりした形状はわからない。

「ああん、いい気持ち……」

奈緒子がクネクネと喘ぎながら、今度は亮太のパジャマの中に手を突っ込んできた。

パンツの中へと手が進み、亮太は乳首に吸いつきながら息をつめてかまえた。

しなやかな指が、まだ発毛もしていない下腹を探り、ピンと突き立っている少年のペニスを弄んだ。

「どう？　気持ちいいでしょう？」

囁かれると、実際は恥ずかしいのと、どうしてそんなことをするのかという戸惑いばかりだったが、亮太は素直に小さく頷いていた。

五年生ともなれば、たまに女の子のことを考えた時に勃起ぐらい体験しているが、キス以上のことはまだよくわからず、ただ恥ずかしさと気持よさを感じ取るだけだった。

「そこ、指を入れてみて。大丈夫、深く入るから……」

奈緒子が言い、亮太はおそるおそる指を股間に押しつけてみた。

すると、指先がズブッと潜り込んだ。中は熱く濡れ、キュッと心地好く締めつけてくる。

「もっと奥まで……」

言われるまま指を進めていくと、どんどん入っていった。

どうして、こんなところに深い穴があるのか、男の自分にはないので亮太には不思議だった。

とうとう指が根元まで入り込んだ。

「これ、お尻の穴?」

「ふふ、違うわ。赤ちゃんの生まれる穴よ」

奈緒子は喘ぎ声を押さえるように答え、痛いほど亮太のペニスをいじってきた。

やがて奈緒子が身を起こすと、亮太はヌルッと指を引き抜き、乳首からも口を離した。

「見せてね」

奈緒子は言い、亮太のパジャマのズボンとパンツを脱がせた。

「……」

亮太は、いくら薄暗い中でも恥ずかしく、仰向けになったまま気をつけの姿勢で身を強ばらせていた。

まだ恥毛は生えていなくても、ペニスは精一杯突き立ち、先端からはわずかにピンク色の初々しい亀頭が覗いている。

奈緒子は、今度は優しくつまんで完全に包皮をむき、屈みこんでチュッと含んできた。

「あっ……」

亮太は驚いて声を洩らした。

むかれた時のわずかな痛みと、それ以上の快感が突き上がってきた。それにそんなところを舐められるなど、夢にも思っていなかったのだ。

奈緒子は舌で転がし、タップリと唾液をつけて顔を上げた。

そして亮太の股間を跨ぎ、幹に指を添えてゆっくりと座り込んできた。

「いい？　じっとしててね……」

奈緒子は、ゆっくりと少年の肉棒を柔肉の奥に呑み込みながら言い、とうとう完全に密着した。

「ああ……」

亮太は、さっき指を入れたヌルヌルの熱い穴にペニスが包み込まれたのを知り、違和感に喘いだ。

快感というより、どうしてこんなことをするのか、それが理解できずに戸惑いの方が大きかった。しかも次第に激しく動きはじめる奈緒子の股間が押しつけられ、シャリシャリする恥毛が痛かった。

「ダメ？　やっぱりまだ早かったかしら……」

内部で萎縮していったのを気づいたか、奈緒子が言って動きを止めた。

そしてそのまま腰を上げ、愛液に濡れて縮こまっているペニスをつまんだ。再び、屈み込んで亀頭を含んでくる。

股間に熱い息がかかり、舌で右に左に転がされているうち、温かな唾液にまみれたペニスが次第にムクムクと勃起してきた。

「こっちの方が好きなのね。いいわ」

奈緒子は亮太の開いた股間に完全に陣取って言い、根元に指を添えたり陰嚢をくすぐったりしながら、本格的にチュパチュパとおしゃぶりをはじめた。

亮太は、股間を合わせることもペニスをしゃぶられることも、どちらも理解できないのだが、しゃぶられる方が気持ちよく、宙に舞うような心地になってきた。

すると間もなく、何かがジワジワと迫ってくる感じがし、身体の内から全ての血液が尿道口から飛び出すような感覚がした。

「お、おしっこが出ちゃうよ……」

亮太は思わず声を絞り出した。

「大丈夫よ。かまわないからおばさんの口に出しちゃいなさい」

奈緒子はいったん口を離して言った。

唾液が細く糸を引き、濡れた唇と亀頭を結んで、それが何ともゾクゾクするほどイヤらしく見えた。

奈緒子は、すぐにパクッと含み、リズミカルに顔を上下させた。

エクボのある、上気した頬が淫らにすぼまり、何度かチュパッと音を立てて口を離し、陰嚢や内腿にもペロペロと舌を這わせた。

そして何度目かに喉の奥まで含まれ、クチュクチュとしゃぶられているうち、とうとう亮太は今まで経験したことのない気持ちよさに包み込まれた。

「あう……！」

思わず呻《うめ》き、同時に先端から何かがほとばしるのを感じた。

「ンン……」

奈緒子は小さく鼻を鳴らし、そのままコクンと喉を鳴らした。

オシッコを飲んでいるのだろうか、それとも何か別のものなのか、奈緒子が含んだままなので何が出ているのか亮太にはわからない。

初めての快感は、この世のものとは思えない妖しいもので、全身が自然にヒクヒクと脈打った。

このまま病気になってしまうのだろうか。普通には戻れないのだろうか。

そんな心配が一瞬頭をよぎったが、やがて、高まりは徐々に治まり、何ものかが全て出し尽くされたことをぼんやりと思った。

急に脱力感に襲われ、なおもしゃぶられている亀頭が痛いほど過敏に感じられはじめた。

すると、ようやく奈緒子が口を離し、チロリと舌なめずりしてから再び添い寝してきた。

「いい？　このことは絶対に誰にも内緒よ。もし人に言ったら、おばさん恥ずかしくて死んでしまうわ」

「うん。絶対に誰にも言わない……」

「もう少し大きくなったら、またしてあげるわ。するたびに、どんどん気持ちよくなるからね」

奈緒子が言い、もう一度チュッと軽くキスしてくれた。

彼女の吐息は甘くかぐわしいままで、別に自分が放出した何ものかの匂いは感じられなかった。

やがて亮太は、いつしか奈緒子の温もりの中で眠ってしまった。

そして翌朝、彼女と顔を合わせても奈緒子の態度には何の変わりもなく、亮太は昨夜のことが夢ではなかったかと思ったものだった……。

3

――それから五年経った。

本当は奈緒子のことが忘れられず、毎年でも高輪の家に来たかったのだが、六年生のときはキャンプがあり、中学時代はクラブ活動の合宿などで、来る機会がなかったのだ。

それに成長するにつけ、亮太も家族と一緒に親戚の家へ行くよりも、多くの友人たちと過ごしている方が楽しくなっていたということもある。

ただ、成長していくと、あのときの奈緒子の行為や自分の感覚について、だんだんわかってくるようにもなってきた。

あのときの宙に舞うような快感を再び得たくて、何度かペニスをいじってみたこともあったし、口が届かないかと努力したこともあった。

しかし、ある程度刺激で勃起はするものの、あのジワジワ迫る高まりは得られなかった。

それでも六年生の終わり頃から夢精を体験するようになり、ようやくあの時の絶頂快感が、夢の中で得られるようになった。

見る夢は、奈緒子のことばかりだった。

そしてクラスでもまだ誰も体験していないだろう、キスやセックス、フェラを知っていることに、密かな優越感さえ覚えたものだった。

もちろん奈緒子との約束は守り、あのときの経験は誰にも話していない。

やがて中学二年頃からオナニーを覚え、亮太はようやく、あの快感を自由に得ることができるようになったのだ。

回数を重ねるごとに、あの晩の貴重な体験が思い出され、亮太はすっかり巨乳の年上志向になってしまった。

もう考えることはセックスのことばかり。あの時はぎこちなく、違和感ばかりで萎えてしまったが、今度こそ最後まで中出ししてみたいものだと、そんなことばかり毎日思いながらオナニーしていた。

しかし、中学時代はまだクラブ活動や、多くの友人たちと楽しく明るく過ごしていたのだが、高校に入ってから、かなり暗い性格になってしまった。

成績は優秀だったのだが、たまたま入試のときに風邪をひいてしまい、県下で一番の県立高校に落ちてしまったのだ。

私立に入ったものの、仲の良い友人もおらずクラブにも入らず、仮病を使ってズル休みしがちになっていた。

夏休みに入ってからはひきこもりで、好きな本ばかり読んで過ごしていた。

宿題なんかする気にならず、もう高校など行かなくてもいいとさえ思っていた。

そんな八月中旬、祖父が亡くなったという知らせが入ったのである。

かくして亮太は両親とともに、五年ぶりに東京、母の実家である高輪の南条家へ行くこととなった。

高校一年生。堀井《ほりい》亮太は十六歳になったばかりだった。

第一章　五年ぶりの伯母

1

「大きくなったわね、亮ちゃん」

伯母、奈緒子が迎えてくれた。

もう四十になるのだろうが、思っていた若い印象のまま、相変わらず美しかった。色白の豊頬のエクボもそのままで、亮太は嬉しくなった。

「やあ、よく来てくれたね」

伯父は、もう六十四だ。珍しい名で、平成《ひらなり》と言う。年号が変わったときには、実に誇らしげだったということだ。

遊びにいくたび、亮太を可愛がって様々な話を聞かせてくれた祖父、誠太郎《せいたろう》は享年九十歳の大往生であった。

戦時中は職業軍人、戦後は自衛隊に入り、定年後は一変して趣味の絵画や旅行三昧の自由人であった。

祖父の連れ合いは、戦時中に優子《ゆうこ》という最初の妻がいて、平成を産んだが空襲の時に死亡。二度目の妻が、亮太の母親を産んだ。その祖母も、すでに十数年前に他界していた。

高輪の南条家は、五年前と全く変わっていなかった。戦前からある旧家の部分と、増築した部分。亮太は懐かしく屋敷内を見てまわった。

これから、この宏大な屋敷に、伯父伯母夫婦だけが住むことになるのだ。

やがて法要を終えたが、やはり一緒に住んでいたわけでもなく、祖父が高齢ということもあって、特に亮太は涙も流さなかった。

それは、実の娘である亮太の母親も同じことで、むしろ伯父伯母たちも含めて、久々に親戚が集まったことを喜んでさえいた。

そして翌日には、両親は亮太を置いて家へ帰っていった。

会社員である父親は勤めがあるし、母親もスーパーのパートがあるのだ。

八月下旬。まだ夏休みは半月残っているし、もう小学生ではないのだから一人で帰ってこられる。

亮太は、別に新学期がはじまろうとも、また夏休みの宿題が残っていようとも、そんなに情熱がなくなってしまっていた。

むしろ、ここへ来て亮太に笑顔が戻っているので、両親もしばらくここにいた方がいいと判断したのだろう。

もとより子供がおらず、前から亮太を可愛がっていた伯父夫婦も快諾してくれた。

伯母の態度に変わりはなく、五年前の出来事など夢の中のようなものだったが、亮太にとっては、何度もオナニーのオカズとして繰り返し胸に甦らせてきた思い出だった。

(また、あの時みたいにしてくれるかもしれない……)

亮太は思い、高校に入って以来初めて何かに希望を持ち、胸を燃やした。

伯父の平成は、軍人だった祖父の子らしく腕利きの刑事として定年まで勤め、今は警備会社に勤務していた。

「この母屋の方も、かなり古くなってきたな。親父も死んだし、そろそろ改築しようか」

　三人の夕食の時、平成が食堂を見回して言った。

「いいえ、私はこの古い方も気に入っていますわ。あなたにとっても、思い出は多いでしょう」

　奈緒子が言う。

　まあ、子もいないし、特に今のままでも不自由はないのだろう。

「伯父さんは、自分のお母さんのことを覚えてるの？」

　亮太は訊いてみた。

「うん、かろうじて覚えているけど」

　そこで平成は、奈緒子の顔を見た。

　すると奈緒子は、クスッと肩をすくめて笑い、

「私に似ているんですって」

　と言った。

　なるほど、幼い頃に母を亡くし、成人してから母の面影のある女性を妻にする、というのはありそうな話だった。

「まあ、遺体は特定できなかったんだ。うちには多くのお手伝いもが住み込んで

いたしね、あるいは負傷して火を逃れ、別のところで死んだのかもしれない。しばらくは、生きてるんじゃないかと期待したけれど」

「新しいお母さんには、抵抗なかった?」

「ああ。むしろ嬉しかったよ。歳の離れた妹もできたしね」

亮太の母のことだ。

「亮太に、もっと多くの兄弟がいればなあ、一人養子にもらったんだが」

平成は言ったが、それ以上言うと、子のできない奈緒子を責めるようで遠慮したのか、言葉をとぎらせた。

やがて夕食後、何ともおあつらえ向きに平成が警備の夜勤に出かけていった。

亮太は風呂から出て、少しテレビを観てから部屋に引き上げた。

五年前、泊まった例の部屋である。

六畳間の中央に布団が敷かれ、年代物のタンスや洋ダンスもそのままだった。

灯りを消して仰向けになると、何やら五年前の記憶が甦ってきた。いや、まだ五年生のままのような錯覚にさえ陥った。

奈緒子も洗い物や入浴を終え、戸締まりをし、あちこちの灯りを消してまわっているようだった。

平成の帰宅は、明朝八時頃になるらしい。

それまで、この大きな屋敷に奈緒子と二人きりなのだ。

五年経っても、ここは相変わらず静かで、やはり車の音よりは虫の声のほうが多く聞こえた。

もちろん期待の方が大きく、一人でも恐ろしい気持ちはまったくなかった。

五年経ち、奈緒子が老けていたり美貌が損なわれていたらどうしよう、という心配が東京へ来るまではあったが、奈緒子は驚くほど変わっていない。

亮太の母親より二つ三つ若いだけだが、とても四十には見えず、十六歳になった目で見ても、天女か女神様のようだと素直に思えるほど若く美しかった。

と、廊下に足音が聞こえてきた。

「……」

亮太が息を詰めて待っていると、はたして音もなく襖が開いてきた。

浴衣姿の奈緒子が入ってくる。五年前とは違う柄だが、中は同じように何も着けていないのかもしれない。

憧れ続けていたことが現実となり、亮太は激しく胸が高鳴ってきた。

あれもしよう、これも試してみたい、などと山ほど思っていたことも一瞬で吹き飛び、ただ童貞らしい緊張と興奮だけに包まれていた。

「亮太さん、起きてる？」

「ええ……」

「隣に寝てもいいかしら」

奈緒子の言葉が、亮太には夢のように嬉しかった。

返事のかわりに、亮太は右の方へ移動し、奈緒子のスペースを空けてやった。

奈緒子が隣に横になると、亮太は五年前と同じように、甘えるように彼女の左腕をくぐって腕枕してもらった。

年齢は十六になっても、まだまだ小柄で幼い部分を残した童貞少年なのである。

「五年前のこと、覚えてる？」

まだ何もせず、亮太を胸に抱いたまま奈緒子が小さな声で言った。

「ええ、もちろん……」

「あれから五年も経ってるから、何をされたかわかっているでしょう？　おばさんのこと、恨んでない？」

「とんでもない。感謝してるし、あの思い出で何度も何度も……。おばさんだって、後悔していないでしょう？」

「亮太さんが傷ついていないのならば、後悔してないわ。今は、彼女は？」

「いません。今までも全然。僕、あれからもおばさん以外誰にも触れてないよ」

「そう……、じゃ、今夜もまたしていいのね……」

奈緒子が囁き、ギュッと強く亮太を抱き締めてきた。

「……」

会話は終わりだ。もう、これで合意が得られたのだから、あとは夢にまで見た行為がこれから繰り広げられるのだ。

亮太は期待と緊張、興奮と感激でいっぱいになった。

奈緒子は、そっと彼の手を取り、五年前のように浴衣の胸元へと導いていった。

2

亮太は、今さらながら奈緒子の巨乳に驚いていた。

五年前は、単に母より大きい胸だなと思う程度だったが、あれから多くのグラビアやビデオなど見てみると、やはり奈緒子の巨乳はかなりのものだった。

すっかりコリコリと固くなっている乳首を探ると、

「ううん……」

奈緒子が声を洩らし、悩ましげに身悶えながら、上からのしかかってきた。

白い顔が近づき、ピッタリと唇が重なる。

亮太は、五年ぶりに感じる女性の唇に、うっとりと力を抜いた。

湯上がりで素顔なのだろうに、間近で見る奈緒子の頬はスベスベできめ細かく、唇は柔らかかった。

熱く湿り気のある息は、懐かしく甘い芳香を含んでいた。

密着したまま奈緒子の唇が開かれ、ヌラリと舌が伸ばされてきた。

亮太も前歯を開いて、奈緒子の舌の侵入を受け入れ、なおもその大きなオッパイをいじり続けていた。

奈緒子の長い舌は、亮太の口の中を隅々まで舐め回し、注がれるトロリとした唾液で亮太は喉を潤した。

やがて長いディープキスを終え、奈緒子は伸び上がるようにして、上から巨乳を亮太の顔に押しつけてきた。

湯上がりの匂いには、やはり懐かしい奈緒子本来の体臭が混じっていた。

乳首をチュッと含むと、

「あん……！」

奈緒子は声を上げ、ギュッと胸を押しつけてきた。

顔じゅうが、つきたてのお餅みたいな膨らみに塞がれ、亮太は心地好い窒息感の中で必死に乳首を吸い、舌で転がした。

「ああっ、気持ちいい……」

奈緒子が、たちまち熱い息を弾ませはじめた。

大人のことなど何もわからない亮太ではあるが、奈緒子と平成はふた回りも歳が違うのだ。平成も身体は丈夫で働きには出ていても、そうそうはセックスなどしていないのではないかと考えた。

もう片方の乳首にも吸いつくと、ようやく奈緒子が隣に仰向けになった。

そのまま手早く帯を解いて抜き取り、浴衣の前を開いてくれた。

今度は亮太が上になって、五年前に言われたように、左右の乳首を含み、そっと噛んだりした。

「アアッ……！　もっと……」

奈緒子がヒクヒクと熟れ肌を波打たせ、鼻にかかった悩ましい声で喘いだ。

いくら声を出しても、この広い屋敷には二人きりなのだ。平成は朝まで帰ってこないし、庭が広いので外を通る人にだって聞こえはしない。

亮太は、さらに甘ったるい匂いを求めるように、彼女の腋の下へと顔を潜り込ませていった。

甘い汗の匂いは、ミルクの匂いに似て、馥郁《ふくいく》と亮太の鼻腔を満たしてきた。

そこはよく手入れされ、舌を這わせてもスベスベだった。

亮太は脂の乗った柔肌を舐め下りながら、真ん中に移り、形のよいオヘソを舐め回した。

思ったとおり、浴衣の下には何も着けていなかった。

股間の茂みまで、もう少しである。

「ね、見てもいい……？」

亮太は、勇気を出して口にした。

五年前は、ほんのわずかの時間挿入しただけで、ろくに奈緒子の女性器の観察をしていないのだ。

「いいわ……」

奈緒子が答え、両膝を開いてくれたので、亮太も枕許のスタンドを移動させて灯りを点けた。

奈緒子の下半身が、ぼうっと照らし出された。

亮太は、激しく胸を高鳴らせながら、白く滑らかな内腿の間に顔を進めていった。

中心の丘には、黒々とした恥毛が繁っていた。脚はスベスベなのに、股間はかなり濃いようだった。

真下のワレメを見ると、早くも外にまで蜜が滲み出ているのがわかった。

亮太は震える指で、ワレメからはみ出しているピンクの花びらを、そっと左右に開いてみた。

「あう……」

触れられ、奈緒子がビクッと下腹を波打たせて声を洩らした。

内部は、もう熱い蜜がトロトロと大洪水になっていた。広がった陰唇の左右に粘液が糸を引き、押さえた指までヌルッと滑りそうだ。

奥には柔襞に囲まれた秘孔が息づき、内側はすべて綺麗なピンク色をしていた。上の方には、小指の先ほどの包皮の出っ張りがあり、その下から真珠のような光沢を放つクリトリスが覗いていた。

内腿の間の狭い空間には、熱気と湿り気が満ち満ちている。湯上がりでも、やはり奈緒子本来のフェロモンが漂っているようだった。

亮太は、あまりに艶めかしい女性器に吸い寄せられるように、とうとう奈緒子の中心にギュッと顔を埋め込んでしまった。

「あぁッ……！」

奈緒子がビクッと身を反らせて喘ぎ、量感タップリの内腿でムッチリと亮太の顔を挟みつけてきた。

亮太は、柔らかな恥毛に鼻をくすぐられながら、隅々に籠もる女の匂いを胸いっぱい吸い込んだ。

湯上がりのボディソープの香りに、うっすらと奈緒子本来の甘い汗の匂いが感じられた。そして亮太の唇に、艶めかしく濡れたワレメが吸いつくようにピッタリと密着してきた。

舌を伸ばし、そろそろと舐めてみる。

表面は、肌と同じ舌触りで、中へ潜り込ませていくにつれ、熱くヌラヌラした柔肉の感触が舌を迎えた。

味は淡いが、ほんのりした酸味が感じられる。これはオシッコではなく、このヌルヌルの味なのだろうと思った。

奥へ差し入れてクチュクチュとむさぼり、クリトリスまで舐め上げていくと、

「あう！　そこ……」

奈緒子が口走り、またビクンと股間が跳ね上がった。

彼女が喘ぎ、乱れるのが嬉しく、亮太は舌先をクリトリスに集中させることにした。

味も匂いも、奈緒子の喘ぎも嬉しいが、やはり一番は、女体の中心に顔を埋め込んでいる、という現実だった。

そこは何と心地好い場所だろう。

普段の生活の中では決して見られない内腿の付け根に締めつけられ、男とはまったく違う神秘の部分に顔を埋め口づけしているのだ。

排泄する場所でもあるが、少しも不潔とは思わない。別に彼女が湯上がりでなくても亮太は平気だろうし、むしろナマの匂いがすることで、もっと興奮するだろうと思った。

亮太はクリトリスを吸い、溢れる愛液を舐め取ってから、さらにワレメの下の方に潜り込んでいった。

「なに……？　こんなところまで舐めてみたいの……？」

奈緒子が喘ぎを押さえながら言い、やがて自分から両足を浮かせてくれた。

「これでいい……？」

奈緒子は両手で浮かせた脚を抱え込み、ワレメもお尻の穴も丸見えにさせてしまった。

「アア……、恥ずかしい……」

自分でしながら、奈緒子は激しく息を弾ませた。

亮太は屈み込み、目の前に広がる巨大な白い双丘に顔を寄せ、両の親指でグイッと谷間を広げた。

奥に、綺麗なピンクのツボミがあり、細かな襞を震わせていた。

亮太は舌を伸ばし、先端でチロチロとくすぐるように舐め、襞の感触を味わった。

「く、くすぐったいわ……、でもいい気持ち……」

奈緒子はキュッキュッと肛門を収縮させ、時にはレモンの先のようにピンクのお肉を盛り上げ、蠢かせながら反応した。

次第に唾液に濡れて色づくツボミに、亮太は舌先をヌルッと押し込んでみた。

「く……、んん……」

奈緒子が呻いた。キュッと肛門を締めて亮太の舌を確かめるようだった。

内部を充分に舐め回しているうち、鼻先のワレメから、いつしか白っぽく濁った大量の愛液がトロトロと滴ってきた。

ようやく肛門から舌を引き抜き、亮太はその粘液を舐め上げながら、再び舌を奈緒子のワレメとクリトリスに戻していった。

3

「いい? なるべく我慢するのよ……」

息を荒くしながら奈緒子が身を起こし、亮太も上下入れかわって仰向けになった。

彼のパジャマもパンツも完全に脱がせてから奈緒子はのしかかり、少年の乳首に吸いついた。

「あ……」

電気が走ったような快感に、亮太は思わず声を洩らし、肌を震わせた。

「ふふ、すごく感じやすいのね」

奈緒子が言い、舌先でチロチロと乳首を舐め、濡れた唇でチュッと吸いついた。さらに白い前歯で、軽くキュッと噛んでくれる。亮太にとっては、自分の胸がこんなに感じるなど新発見だった。男でも、感じるのはペニスだけではないのだ。

しかも奈緒子の唇や舌ばかりでなく、肌をくすぐる息、微妙なタッチでサラリと流れてくる髪、さらにのしかかる奈緒子の巨乳や乳首までが肌のあちこちに触れて刺激してくるのだ。

奈緒子は両の乳首を充分に愛撫してから、初々しい肌を舐め下り、とうとう亮太の脚を大きく開かせ、その真ん中で腹這いになった。

五年前と違い、もう恥毛も生えているし、露出した亀頭はピンクの光沢を放ってピンピンに張り詰めていた。

オヘソを舐められ、亮太は緊張した。

奈緒子の濡れた舌と温かな吐息は、亮太の快感の中心に達した。

しかし奈緒子は、いきなりペニスには触れず、先に陰嚢《いんのう》を舐め回してきた。シワシワの表面全体が、徐々に清らかな唾液に濡れていく。

さらに彼女は自分がしたように、亮太の両足を持ち上げて、お尻の谷間にまで舌を這わせてきたのだ。

「あう……！」

舌先で肛門をチョンと突つかれ、亮太は息を呑んだ。

奈緒子はかまわずヌラヌラと舐め回し、ヌルッと浅く舌先を侵入させてきた。

まるで心地好く犯される気分だ。このままペニスに触れられる前に、暴発してしまいそうだった。

奈緒子は熱い息を籠もらせながら、お尻の穴を味わい尽くし、ようやく脚を下ろしながら再び陰嚢にしゃぶりついた。

大きく開いた口でスッポリと陰嚢を含み、睾丸を一つずつ吸い、アメ玉のように舌で転がす。

そして中央の縫い目を舌先でツツーッと舐め上げながら、とうとうペニスの根元にたどり着いた。

「いったらダメよ」

言いながら、根元から先端までペローリとゆっくり舐め上げてきた。

尿道口のすぐ下を舌が通過する時は、思わず亮太は奥歯を噛み締めて耐えた。

奈緒子は側面も何度か舐め上げ、やがて真上から深々と含み込んできた。

まるで大蛇が卵でも呑み込むみたいだ。長い髪がサラリと下腹をくすぐり、ペニス全体は熱く濡れた空間に包まれた。

奈緒子も、少しでも長く楽しむため、亮太が早々と果てないようにかなり手加減しているのだろう。

舌の動きも微妙なタッチで、強く吸わず、何度か軽くスポスポと上下しただけで離れた。

しかし大量の唾液がペニスをヌメらせ、カリ首の溝にもタップリと淫らに小泡がまつわりついていた。

奈緒子は顔を上げて身を起こし、そのまま亮太の股間に跨がってきた。

五年前の再現だ。

もちろん、今度は違和感に萎《な》えるようなことはない。この行為の意味も知っているし、お互いが同時に気持ちよくなれる唯一の方法だ。

奈緒子は幹に指を添え、膣口に押し当ててゆっくりと腰を沈み込ませてきた。

「あう……、いいわ、すごく大きい……」

張り詰めた亀頭がヌルッと潜り込むと、奈緒子が顔を上向けて言った。

それは、五年前よりは大きいだろう。しかし萎える心配はないが、逆に早々と漏らしてしまう心配があった。

奈緒子は完全に座り込み、肉棒はヌルヌルッと潜り込んで根元まで深々と没した。

恥毛がこすれ合い、恥骨のコリコリまで感じられた。

ペニスは熱く濡れた柔肉にキュッと締めつけられ、亮太は息をつめて絶頂をこらえた。

上体を反らせる奈緒子の巨乳が、薄明かりの中で悩ましく揺れ、熟れた肌がうっすらと汗ばんで息づいていた。

「ああ……」

奈緒子は自ら両手で巨乳を揉みしだき、乳首をつまんで引っ張った。

やがて股間をグリグリと押しつけながら上体を倒し、亮太に重なってくる。

股間のピストン運動ばかりでなく、巨乳までが、心地好く亮太の胸にこすりつけられてきた。

しかも奈緒子のかぐわしい吐息を、飽きるほど胸いっぱいに満たすことができ、亮太の顔全体が悩ましく湿り気を帯びるほどだった。

身体が重なったことにより、彼女が前後運動するたび、ヌメった内壁にペニスが摩擦され、特に亀頭の上の表面がヌルヌルと刺激された。

「も、もう……」

亮太が降参するように言うと、

「ま、待って、もう少し……、アアーッ、い、いっちゃう……！」

奈緒子が声を上ずらせ、ガクガクと狂おしく全身を波打たせはじめた。

同時に膣内がキュッキュッと何とも艶めかしい収縮を開始し、もう亮太も、ひとたまりもなく絶頂の快感に貫かれてしまった。

「あう……、い、いく……！」

亮太は口走り、下からもズンズンと股間を突き上げながら、この美しい伯母の柔肉の奥に向けて、熱い大量のザーメンをドクンドクンと勢いよく噴出させた。

「アアッ！　熱いわ、出てるのね……」

奈緒子も、子宮の入口を直撃して内部に満ちていく少年のザーメンの温もりと感触を感じながら言い、亮太の顔全体に激しいキスの雨を降らせながら、オルガスムスを味わっていた。

ようやく亮太が、目眩めく快感の中で最後の一滴まで脈打たせ、動きを止めてグッタリと力を抜いた。

やがて奈緒子も、遠慮なく亮太に体重を預けて呼吸を整えた。

亮太は、熟女の重みと甘い匂いの渦の中で、うっとりと快感の余韻に浸った。

まだ深々と入ったままのペニスが、たまに思い出したようにキュッと締めつけられた。

亮太は、今度こそ念願の初体験をしたのだ、という感激でいっぱいだった。

4

「じゃ、お買い物に行ってきますから、おじさんを起こさないようにね」

翌朝、奈緒子が言い、車で出かけていった。

もう朝食も終わり、亮太は母屋の茶の間でテレビを観ていた。朝に帰宅した伯父は、寝室で寝ている。

奈緒子の態度は、もちろん何も変わらなかった。

昨夜は、亮太は奈緒子に腕枕され満足感と感激の中で、いつしか眠ってしまったようだった。

朝、七時に目覚めると、隣に奈緒子の姿はなかった。

起きて母屋に行ったが、やけに奈緒子の顔を見るのが眩しかった。

「これを着るといいわ」

奈緒子は浴衣を出してくれて、亮太のシャツやパンツは洗濯機に放り込んでしまった。亮太は、持ってきた着替え用のパンツをはいて、伯父のものらしいやや大きめの浴衣を着せられた。

顔を洗い、朝食をすませると伯父の平成が帰宅し、少し茶の間で亮太と話してから寝室に引っ込んだ。

元警察官として、あんなに逞しい人が身内にいる、というのが小柄でひ弱な亮太には不思議だった。

茶の間の続きは仏間になっている。

鴨居の上には、多くの賞状が並んでいた。平成のものばかりではなく、祖父、誠太郎の賞状もあった。

そして仏壇には、まだ多くの花が飾られ、笑顔の祖父の写真が飾られている。

見ると、部屋の隅にアルバムが何冊か積まれていた。

昨日まで法要で、多くの親戚が出入りしていたから、それでアルバムを出し、古い写真を見ながら懐かしい話に花を咲かせていたのだろうか。

亮太は引き寄せ、アルバムを開いてみた。

離れを新築する前、亮太が泊まっているあたりがまだ庭だった頃の写真があった。さらに古い写真には、戦災で焼ける前の離れが写っていた。

そこは私塾になっているようだった。上の学校に行かれなかった近所の子たちを集め、勉強を教えていたのだろう。

誠太郎は職業軍人だったから、滅多に家にはいない。勉強を教えていたのは平成の母親、誠太郎の最初の妻だったらしい。

(どの人だろう……)

亮太は思い、平成の母親、塾の中心となっていた祖母の顔を探した。

しかし集合写真は、どれも顔が小さく不鮮明だった。一人可憐な美少女がいたが、それは歳が若すぎるだろう。

塾生は、ほとんど十二、三歳だろうか。小学校を出て、奉公しながら、主人の許しを得て週に何回か通っている子が多いらしく、和服が多かった。

やがてアルバムを閉じ、亮太は立ち上がった。

今日は自宅ではないので早く目覚めてしまったが、いつも夜ふかしするため、また眠くなってきたのだ。

本当は寝転がって、昨夜のことを思い出しながらオナニーしたかったのだが、ひょっとして今夜も、あんないいことが起こるかもしれないのだ。平成も、また今夜も夜勤なのかもしれない。

だから今夜のため、オナニーは控えて昼寝しておこうと思った。

茶の間を出て、母屋の廊下を進む。

やがて、増築した離れにつながる引き戸が見えてきた。

『その戸を開けると、昔は塾の教室につながっていたんだよ』

祖父の声が甦った。

そう、それは五年前のこと。

亮太が増築した離れの客間で寝ようと、この廊下を歩いていたとき、後ろから祖父が声をかけてきたのだ。

『優子という、私の最初の奥さんが、元小学校の教師でね、近所の子を集めて勉強を教えていたんだ』

誠太郎が続ける。

『私が軍務の合間に帰宅して、この戸を開けると、いつも優子は明るく元気に、塾生たちに勉強を教えていたものだ』

『その人は？』

『ああ、平成を生んで、何年か後の空襲で死んだ』

『かわいそう……』

『だが、そのため私は戦後に再婚して、お前のお母さんが生まれたのだからな、それが運命というか、めぐり合わせだな』

『……』

『だから、今もその戸を開けると、今の建物ではなく、昔の塾があるような気がするときがあるよ』

誠太郎が、どうして幼ない亮太にそのようなことを言ったのかは、今となってはわからない。

まあ最初の妻への思いは滅多に口には出せず、長く心に温めていたものを、つい戸を開けようとする亮太に言ってしまったのだろうか。

亮太は、その時のことを思い出しながら、引き戸に手をかけた。

「……」

ふと、亮太は軽い目眩《めまい》を覚えた。

それでも寝不足によるものだろう、と考えて戸を開けた。

目眩がなくなり、亮太は目の前の座敷を見て変に思った。

そこは、自分が泊まっている客間ではなかった。

八畳ほどの座敷を二間ぶち抜き、細長い座卓がいくつか置かれている。壁には黒板があり、がらんとした広い部屋だった。

「あれ……」

「な、何だ……？」

亮太は怪訝《けげん》に思い、いま入ってきた戸から引き返そうとした。

母屋の廊下はそのままだ。しかし、何かが違っている。

すると母屋の廊下の奥から、一人の女の子がやってきた。

「あらあら、こっちに入ってきちゃいけないって言っているでしょう！　勉強の時間はまだよ」

言ったのは、和服に割烹着《かっぽうぎ》を着た少女だった。お下げ髪に結い、大きな目で何とも愛くるしい顔立ちをしている。

しかし、どこかで見た少女だった。

「あら？　見かけない子ねえ。どこの子？」

少女は、亮太の顔を覗き込んだ。多分亮太の方が年上なのだが、小柄な亮太は子供だと思われたのだろう。

「ア、アルバムの……」

あの美少女だ。

亮太は思い出した。ついさっき、茶の間で見た戦前の集合写真に写っていた、やけに気になった美少女ではないか。

「何言ってるの？　どこから来たの？　うちの生徒じゃないわよね」

少女に詰問され、亮太が言葉に窮していると、

「どうした」

奥から、男が出てきた。

何と、カーキ色の軍服を着ている。詰め襟の赤い布が鮮やかだ。シミュレーション戦記小説の好きな亮太は、その肩章が陸軍中尉であることがわかった。

しかも、その顔は、

（お、おじいさん……!?）

亮太は目をみはった。

アルバムで見たばかりの、まだ二十代半ば、結婚したばかりの誠太郎ではないか。

「あ、旦那様。知らない子が」

少女が言いつけたが、若い誠太郎はジロリと亮太を見ると、すぐ笑顔になった。

「かまわんかまわん。おおかた座敷童だろう。仲間に入れてやれ」

誠太郎は言い、笑いながら奥へ引っ込んでしまった。

「座敷童だなんて、旦那様ったら……」

誠太郎を見送って呟き、少女はこちらに向き直った。

「まあ、いいわ。分け隔てなく生徒として扱えって言われているから。来て」

少女が言い、一緒に再び教室らしき広間に入った。

「名前は？」

「ほ、堀井亮太……」

「どんな字書くの？」

言われて、亮太は黒板に自分の名を書いた。

その時、黒板の横に張られている暦が目に入った。昭和十年八月のものだった。

（こ、ここは、昭和十年の高輪の屋敷……？）

亮太は思った。

（これは夢だ……、実際は、客間で寝ているんだ……）

寝ようと思っていたのだから、気がつかない間に眠っているのだろう。それしか考えられなかった。

「綺麗な字書くのね。私はこう」

少女もチョークを取り、「藤崎《ふじさき》佳代《かよ》」と書いた。

「どこから来たの？」

「へ、平成……」

「へいせい？　そんな町あったかしら……。まあいいわ。私はこのお屋敷で女中をしていて、塾では生徒たちの面倒を見ているわ。学校で言えば級長ってとこかしら」

佳代は誇らしげに言った。

しっかりした口調や物腰だが、実際は十四、五歳。今なら中三ぐらいだろう。

肌は健康的な小麦色で、忙しく立ち働いているのだろう。額はほんのり汗ばみ、
近くにいるだけで甘い花のような匂いが感じられた。

「優子先生は、とってもいい方よ。きっと亮太君も、毎日ここへ来たくなるわ。でも、いい浴衣着てるわね」

佳代が近づき、亮太の袖をつまんだ。

(どうせ夢だ。好き勝手に……)

亮太は思い、いきなり佳代を抱き締め、その唇を奪ってしまった。

柔らかな感触と、果実のように甘酸っぱい息の匂いが感じられた。

しかし一瞬身を硬くした佳代は、すぐに亮太の胸を突き飛ばし、

「何するの!」

激しい平手打ちを見舞ってきた。

「い、いてて……!」

亮太は頬を押さえ、情けない目で佳代を見た。

この痛みは、夢ではなかった。

「ご、ごめんよ。あんまり佳代さんが可愛かったから……」

「知らないわ! 不潔よ」

佳代はみるみる涙をため、取り返しがつかないことをされたように肩をすくめ、
両の拳を口に当てていた。

5

「で、でも外国じゃキスぐらい挨拶じゃないか」

「外国……？」

「そ、そう、アメリカにいたんだ。僕……」

亮太は口から出まかせを言った。実際は、この前の春休みに家族でハワイに行ったことがあるきりである。

「アメリカのどこ」

「ハ、ハワイ……」

「そうなの。じゃ英語できる？」

「オ、オフコース。アイキャンスピークイングリッシュ」

亮太はしどろもどろに言った。まあ英語は得意科目の一つだった。

「すごいわ」

佳代は、キスされたショックから徐々に立ち直ってきたように言った。

まあ、もし、この昭和十年が現実だとしたら、小学校出らしい佳代を感心させることぐらい簡単だろう。

（どうやら、本当にタイムスリップしてしまったみたいだ……）

亮太は思ったが、不安や恐怖以上に、この超常現象に好奇心を持ち、楽しんでしまおうという気持ちが湧いてきた。自分でも不思議な気持ちだが、もともとひきこもりの暗い毎日を送り、現実を嫌っていたところがあったからなのだろう。

それに、一度来られたのだから、また帰れる可能性だってあるのだ。

「とにかく、私はまだ仕事があるから、塾生が集まるまでここで待ってて」

佳代は、例の引き戸から母屋へ入っていった。

亮太は、閉められた引き戸を開け、奥を窺ってみた。

割烹着姿の佳代が、ちょうど奥の廊下の角を曲がる後ろ姿が見えた。

してみると、この風景は昭和十年だ。

（壁に、ホーキが……）

これは、平成の時代にはなかったものだ。もし佳代が掃除にホーキを使用していたとしても、それを引っ掛けるための器具も白い陶器製だ。これも平成の家にはなかったものだから、これが時代を分ける目印となろう。

亮太は、母屋の廊下を覗いただけで、すぐに引き戸を閉めた。

そして今度は気をこめ、ゆっくりと開けてみた。

（ダメか……）

見ると、まだホーキの下がった昭和十年だ。

もう一度閉め、来るときがどうだったか思い出した。あのときは、急に軽い目眩に襲われたのだった。

亮太は、そのときの感覚に近いように両目の焦点をぼやかせ、平成十二年のことを思いながら開けてみた。

またダメだ。

しかし、それを何度か繰り返すうち、ようやくホーキの下がっていない廊下が見えた。

（戻れた……！）

亮太は平成十二年に戻った。

母屋の廊下に入り、振り返ると、そこはもう自分が泊まっている客間だった。

どうやらここに、過去と現在を結ぶ抜け道があるようだった。

自分だけだろうか。祖父の霊が、亮太にこの屋敷の歴史でも見せてくれようとしているのだろうか。

亮太は何度か試し、過去と現在を行き来してみて、次第に一発で思いどおりに往復できるようになってきた。

それが慣れると、亮太は浴衣を脱いで洋服に着替え、平成十二年の屋敷から外へ出て、近所の本屋まで行った。

歴史コーナーに行き、昭和初期の風俗、時代状況を調べた。

昭和十年は、もちろん外地での戦闘はあったが、まだ内地は平和なものだった。映画館では洋画を上映しているし、英語の塾などもあり、学生も喫茶店やハイキングに行く、比較的のんびりした自由な時代であった。

しかし一方で、この八月十二日に陸軍省の軍務局長永田鉄山《ながたてつざん》が、相沢三郎《あいざわさぶろう》中佐に刺殺されるという『相沢事件』が起きている。

この事件が、やがて統制派と皇道派の対立の引き金となり、翌昭和十一年の二・二六事件へと発展し、その後、次第に軍部が力を持って、長い戦争への道をたどることになるのだった。

亮太は、一冊の本を選んで買った。

それは昭和元年から平成元年までの六十四年間の歴史、主だったニュースなどを見やすく簡潔に著わした『よくわかる昭和史』という本だった。

帰宅したが、まだ伯父の平成は寝ているし、奈緒子も買い物から帰っていない。午前十一時半だ。

亮太はまた浴衣に着替え、もう一度茶の間のアルバムを開いてみた。

祖父、誠太郎と、最初の妻、優子の結婚写真はなかった。後妻に気を遣い、処分してしまったのだろうか。

しかし伯父の平成が昭和十一年生まれだから、どちらにしろ昭和十年は新婚早々だったのだろう。

美少女佳代の写真は、かなりあった。

やはり、単なる住み込みの奉公人ではなく、聡明さを買われて塾頭になっているからだろう。

こんな、六十五年も昔の人に、これから会いにいこうとしているのだ。

やがて亮太は予備知識を仕入れてから、アルバムを閉じ、廊下に行った。もちろん買った本は持っていくわけにはいかない。万一、過去の人に見られでもしたら大変なことになるだろう。

新しい客間に通じる引き戸まで行き、すっかり馴れた感じで薄目になり、焦点をずらしてから戸を開けた。

「まあ！」

教室には佳代がいて、目を丸くした。

「母屋に入ってはいけないって言ったでしょう！」

佳代が可愛い目を吊り上げて言う。他にも、数人の子供が集まっていた。

もう日暮れだ。

現代の世界はまだお昼前だったが、こちらはかなり時間が違っているようだ。

「ごめん。トイレを借りに……」

「トイレ、って何」

「あ、お便所」

「ご不浄なら、そっちにあるでしょう」

佳代は手を引き、教室の隅にあるトイレを教えてくれた。

戸を開けると、和式の便器が一つあり、汲み取り式特有の匂いと消毒液の入り交じった匂いがした。

「ここに座るといいわ」

佳代は、自分の隣を指して言い、亮太も他の子供たちに混じって畳に正座した。

佳代以外は、みな十二、三歳ぐらいだ。

「みんな中学生？」

亮太は、佳代にそっと訊いた。

「うぅん。中学には行かれず、高等科を出て、まだ勉強したい子たち。私もそうだけど」

亮太は、帰国したばかりなので知らないふうを装い、佳代にいろいろ教わった。

高等科とは、小学校を出て、そのまま学校に残って一年ばかり算盤《そろばん》などを習う、いわば就職のための勉強をするシステムだ。

家が裕福ならば別だが、それぐらい、当時では中学校や女学校に進む方が少ないようだった。

やがて佳代が、亮太のことを塾生に紹介し終えた頃、黒板脇の引き戸が開いて、二十代半ばの女性が入ってきた。

「優子先生よ」

佳代が耳打ちしてくれる。

「亮太くんね。佳代ちゃんから聞いてるわ。今日は一緒に勉強して、明日にでも、お父様かお母様と一緒にいらっしゃいね」

優子が言う。

しかし亮太は、返事を忘れるほど驚きに目を見開いていた。

優子は、伯母の奈緒子によく似ていたのだ。

確かに奈緒子は四十歳、目の前の優子は二十代だが、透けるように色白の肌と、豊頬に浮かぶエクボがそっくりだった。

長い黒髪を後ろで束ね、白いブラウスに黒のスカート、何とも質素な服装だが、その天女のように輝く神々しい雰囲気と、ブラウスのホックを弾きそうな巨乳はまさに若くした奈緒子そのものだった。

まあ、伯父の平成が、実母の面影のある奈緒子を妻にしたという話は昨夜したが、まさかこれほど生き写しとは思わなかった。

「はい。よろしくお願いします」

亮太は優子に向かい、ようやくそれだけ言った。

第二章　小さな冒険

1

「すごいわ。ハワイの方は進んでるのね」

優子が感嘆の面持ちで言う。

まあ昭和十年の私塾では、せいぜい亮太にとっても小学六年か中一程度だから、どんな質問でも答えることができるのだ。

この塾での科目は、国語と算術と国史が主だった。

亮太が戸惑ったのは、旧仮名遣いとむずかしい旧漢字、それに古事記をもとにした国史だった。

また「修身」の教科書の最初に出てくる教育勅語も、亮太には読みも意味もわからなかった。

この時代は、漢字も文章もずいぶんむずかしいなと思ったが、それでも優子の質問には余裕で答えることができたのだった。

「じゃ佳代ちゃんと一緒に、男子の塾頭になってもらおうかしら」

優子は言い、やがて一時間半ほどで今日の授業を終えた。

塾生も奉公先での仕事などがあり、今日は来ていない子も多く、曜日別にかなり入れ替わるようだった。

礼をして、優子は引き戸から母屋へ帰った。

塾生たちも帰り、残ったのは亮太と佳代だけだ。

割烹着を脱いでいる佳代は、質素だが清潔な着物を着ていた。もちろんこの時代の少女は和服ぐらい自分で着られるのだろう。

夏でも暑苦しい感じがせず、素足だが汚れはなく爪も綺麗に手入れされていた。

「帰らなくていいの？」

「うん、まだ。佳代さんは？」

「私は、ここのお掃除をしたら今日のお仕事は終わり」

他にも何人か女中がおり、夕食の支度などはそちらでしているようだった。

「じゃ手伝うよ」

亮太は言い、佳代と一緒に塾生用の長い机を拭いたり、畳を掃いたりした。

途中、佳代は隅にあるご不浄に入った。

衣擦れの音がし、間もなく軽やかなせせらぎが聞こえてきた。

（そうか、水洗じゃないから音は消せないんだ……）

亮太は思い、音を聞きながら可憐な佳代のオシッコ姿を想像してムクムクと勃起してきてしまった。

間もなく出てきた佳代は、音を聞かれて恥ずかしいような表情は別にせず、いや、聞かれていることすら意識していないように、窓を開けて手を洗った。

窓の外には、水の溜まった容器が軒から吊り下げられており、容器の下から出ているとがった金具を手のひらで押すと少量の水が出てくるようになっていた。

さらに手拭いも下げられ、みな共同で使っているようだった。

「へえ、便利だね」

「どれ、これ？」

佳代は、水の出る容器を指して言った。

「こんなのが珍しいの？　ハワイにはなかった？」

「うん……」

「じゃ、ご不浄も違うの？」

「椅子のような洋式で、水で流すんだ」

亮太は言ったが、佳代はイメージが湧かないようだった。

「それじゃ、注意しておかないと」

佳代は、いきなり出てきたばかりのご不浄の戸を開けた。

和式便器とスリッパ。それと紙、その横に蓋つきの木箱があった。よく見ると、紙は新聞紙を切って重ねたものだった。

「見て」

佳代は、その木箱の蓋を開けた。中には、丸められた新聞紙が入っている。

「拭いた紙は、下に捨てちゃダメよ。ここに入れるの。でないと汲み取りの人が怒るから。紙が混じると下肥《しもごえ》の質が悪くなるんだって」

「へえ……」

してみると、箱の中にある一番上の丸められた紙は、たったいま佳代がオシッコを拭いたものなのだ。

「新聞紙で拭いて、痛くない？」

「向こうじゃどんな紙？」

「白くて柔らかくて、水分にも強いから拭いても切れないんだ」

「ふうん……、とにかくここでは、これが当たり前なの。こうして使って」

佳代は新聞紙を一枚取り、クシャクシャと手で揉んで柔らかくした。

ご不浄の戸を開けたまま、独特の匂いを感じながら二人で身を寄せ合って話していると、亮太のモヤモヤ気分はさらに妖しくなってきてしまった。

「こうして古新聞を切るのも私の役目なの」

「なんだ。塾頭って言っても雑用係みたいだね」

「だって！」

佳代は怒ったように言った。

「塾生が帰れば、私は女中に戻るんだもの」

「そうだね、ごめんよ」

亮太は言い、ご不浄の戸を閉めた。

佳代はすぐに機嫌を直し、少しオドオドしたような目で訊いてきた。

「ねえ、外国では、いつもあんなふうに挨拶がわりにするの？」

「え？」

「さっき、私にしたみたいなこと……」

いつしか佳代の頬が紅潮し、耳たぶまで染まっていた。

亮太もモヤモヤ気分が去らないうち、佳代の方から話を振ってきたのだ。

「ああ、するよ。でも嫌いな人とはしないよ」

「そうよね……」

「ね、またしてもいい……？」

亮太は、ムクムクと勃起しながら切り出した。

「ここじゃ、ダメ……」

「じゃ、どこなら？」

「ううん……」

佳代は、かなり迷っているようだ。

しかし、この時代の娘でも好奇心は同じなのだなと亮太は思った。まあ、亮太の登場が唐突だったのと、外国帰りの秀才ということも、かなり佳代に関心と、神秘的な憧れを持たせたのかもしれない。

「やっぱりダメ。奉公してるお屋敷でなんて……」

佳代は、理性を優先させたようだ。

それに、かなりこの南条家への忠誠心が強いようだ。確かに奉公人という以上に、塾頭として認められ、花嫁修業も兼ね、当主も彼女をここから嫁に出そうというほど大切にされているのだろう。

「佳代さんは、どこに住んでるの？」

「すぐ隣の部屋よ。こっち」

佳代は案内してくれた。

教室から裏庭に出ると、離れの屋根続きに小さな奉公人用の部屋があった。

亮太は履物を持ってきていなかったが、そこには古びた下駄があり、それを履いて移動した。

裏庭だが、佳代は見られるのを恐れ、すぐ亮太を部屋に入れた。

中は三畳間、押し入れと裁縫道具と文机があるきりだ。

机の上には折り紙で折った花嫁人形、ガラス製のランプと雑誌があった。

雑誌の表紙には女性の顔が描かれ、カタカナで「ンアフカヅ」と書かれているが意味がわからない。

少し考え、右から読むのかと思い当たり「ヅカフアン」とわかった。宝塚のファン雑誌のようだ。

室内には、彼女の体臭だろうか、甘ったるい芳香が満ちていた。

「ね、しばらく、ここにいてもいいかい？」

「ええっ？　そんなの困るわ……。だって、家に帰らなくていいの？　平成町って、どこなの？」

幸い、佳代は地方出身らしく、まだあまり高輪界隈には詳しくないようだった。

「うん、そんな遠くではないんだけど、両親が仕事で、帰りは遅いんだ」

「そう。でも、見つかると私が……」

「絶対に見られないようにするから。時間が来たら、そっと裏から帰るからさ」

言うと、佳代はまた少し考え、結局好奇心が勝ったようだった。

「私、とにかくお夕食に戻るから、二十分ほど待ってて」

「うん」

「亮太くん。おなか、すいてない？　おにぎりぐらいなら持ってこられるわ」

「いや、いらない。夕方早めに食べたんだ」

「そう、じゃ……」

佳代は、亮太を部屋に置いて母屋の方へ行った。

亮太は外の様子を窺い、そっと佳代の部屋を出た。そして教室に戻り、母屋への引き戸から現代へと戻った。

2

過去に長居しているから、帰宅した奈緒子が心配するといけないと思ったのだ。

まあ、散歩にでも出ると言い、また過去に戻ればよいだろう。

しかし現代に戻って時計を見ると、まだお昼前だ。

(あんまり時間が経っていない……)

何だか、ウトウトしているわずかの間に長い夢を見ていたような気分だ。

過去での数時間も、こちらでは数分しか経たないのだろうか。

と、そこへタイミングよく電話が鳴った。

出ると、奈緒子からだ。

『あ、亮太さん。少し遅くなりそうなの。おじいちゃんのお世話になった人たちへの挨拶回りも済ませようと思うから』

「そうですか」

『一人でつまらないでしょう。お昼は、何か適当に冷蔵庫のもの食べて』

「ええ。これから散歩に出ようと思ってたから、別に退屈じゃありません」

『そう。おじさんは三時頃に勝手に起きるからかまわないで』

「はい」

電話を切り、亮太は引き戸へと戻った。

この分なら、過去で何時間過ごそうとも、現代で行方不明と思われるほど長い不在にはならないことがわかった。

すっかり慣れた感じで念をこめ、引き戸を開けて昭和十年へ戻った。

もう、一発で行き来できるようになった。

まあ、現在と過去の扉がいつまで開いているか、という不安はあるが、今は冒険心の方が強い。

暗い教室へ出て、そっと佳代の部屋へと戻った。

少し待つうち、佳代が帰ってきた。

かなり急いで食事をしてきたのだろう。また額が汗ばんで、髪が数本貼りついていた。

そして小さな冒険に不安げな表情をしながらも、亮太がいたことに安心したような溜め息をついた。

部屋は暗い。窓から射す、母屋の灯りがわずかにあるだけだ。

佳代は、マッチを擦ってランプに火を灯した。室内が、ぼうっと薄明るくなり、何やら幻想的な火の揺らめきだった。

「これで、もう今日は自由なの。ここには誰も来ないわ」

「そう。お風呂とかは、どうしているの？」

「母屋で、大旦那様と大奥様、そして旦那様や奥様がすんでから、最後に使用人たちが順々に使わせてもらうの。私はいちばん最後だから、九時頃にお風呂のお掃除をしながら入るわ」

大旦那様、大奥様というのは、まだ健在の誠太郎の両親のことだろう。亮太からは、母方の曾祖父母ということになる。

佳代は、いつもの居場所なのだろう、文机の前で正座している。実に形になっていた。

「正座で、疲れないの？」

「どうして？」

「これが普通なんだね。でも九時のお風呂まで、何してるの。テレビもないのに」

「テレビ……？　いきなり英語で言わないで」

「あ、いや、退屈じゃないかと思って」

「退屈する暇なんてないわ。繕《つくろ》いものしなければならないし」

「本を読んだり？」

「本は、お休みをいただいた日しか読めないわ。それでなくても毎日勉強させてもらっているのだから、私はうんと恵まれている方なの」

話しているうち、佳代のことがだんだんわかってきた。

家は鎌倉で、地元の尋常高等小学校を出てから高等科に二年いて、この春、知人のつてで高輪の南条家に奉公に来た。

十五歳と言うが、それは数え歳だろうから実際は十四。現代なら中三だが、もちろん亮太などよりも、ずっとしっかりしていた。

「好きな人はいないの？」

「いるわけないでしょう。毎日忙しいのに。でも、旦那様のことは尊敬してるわ。私も、軍人さんのお嫁さんになりたい」

「そう。でも会社員の方がいいんじゃないかな。電機とか自動車とか」

亮太は、戦後のことを思って言った。

「軍人さんが一番に決まっているでしょう！」

しかし佳代は勢い込んで言った。

「亮太くんは何してるの。中学生？　それとも家がお金持ちで遊んでいるの？」

怒ったように言う。

そして慌てて口を押さえた。母屋に聞こえてはいけないと思ったのだろう。

「う、うん……、帰国したばかりだから、これから編入する学校を、探しているところなんだ」

この頃の中学校は五年制だ。もし実際に亮太が編入すれば、四年生ということになる。

「そう」

佳代も口調を和らげた。あらためて、勝手に男の子を連れ込んでいる状況を思い出したようだ。

亮太も、ここへ来た最初の目的を思い、股間のムズムズが甦ってきた。

「ね、じゃ、もう一度キスしていい……？」

この時代では、かなり亮太は積極的になることができた。

それほど佳代はウブで純粋で、しかも好奇心と胸の高鳴りが手に取るように伝わってくるのである。

「ダメよ、こわいわ……」

佳代は小さく言ったが、にじり寄る亮太を避けはしなかった。

肩を抱いて、そっと引き寄せた。佳代が息を震わせ、目を閉じた。

唇を重ねると、無我夢中だった一度目よりも、柔らかな感触がはっきり感じられた。

口紅もつけない素顔が間近に迫っている。

上気してピンクに染まった頬は、ランプの灯りで産毛が輝き、新鮮な水蜜桃のようだった。

切れぎれの熱い息が湿り気を伴い、亮太の鼻腔を心地好くくすぐってきた。食事を終えてきたせいか、甘酸っぱい匂いが濃く感じられる。

さらに、髪の匂いや汗ばんだ肌の匂い、すべてが新鮮で悩ましく亮太の胸を揺さぶってきた。

これが本来の、自然なままの美少女のナマの匂いなんだ、と思った。

匂いと感触を味わってから、亮太はそろそろと舌を伸ばしていった。

唇を舐め、徐々に間から差し入れると、

「ン……」

佳代が小さく声を洩らし、閉じられた長い睫毛をピクッと震わせた。

そのまま舌で歯並びをたどり、唾液に濡れた歯茎まで舐め回した。佳代の白い綺麗な歯並びは、何とも滑らかな感触だった。

と、佳代が亮太の胸を両手で押し、口を引き離した。

「どうして舐めるの……」

ぼうっとして、魂が抜けたような頼りない声だ。

「知らないの？　好きな人とは、こうするんだよ」

亮太は囁き、もう一度密着させた。そのまま唇の内側や前歯を舐めていくが、まだ閉ざされたままだ。

「ベロ出して……」

押しつける力をゆるめて囁くと、少し迷ってから、ようやく佳代の前歯が開かれ、チロッと舌が伸びてきた。

からませると、何とも甘く可憐な感触が伝わってきた。

佳代も、一度舐め合ってしまうと吹っ切れたように、自分からもチロチロと小刻みに動かしてきた。

亮太は佳代の口の中に舌を差し入れ、甘い清らかな唾液に濡れた内部を隅々まで舐め回した。

口が開かれると、さらに温かく甘酸っぱい芳香が亮太の鼻腔を満たしてきた。

亮太は執拗に舌を蠢かせ、何度か口を離して要求しては、いつまでも互いの舌を吸い合った。

3

「も、もう、何だか力が……」

息苦しくなったように佳代が言い、本当に力が抜けてしまったように、クタクタと亮太の方へ身体を預けてきた。

座布団もないので、畳の上に佳代を横たえ、半開きの唇でハアハア喘いでいる佳代にもう一度ディープキスしてから、愛らしい頬をたどり、耳たぶを吸った。

「あ……、あん……、くすぐったい……」

佳代が、うわ言のように口走り、ビクッと肩をすくめた。

亮太は耳の穴に舌を差し入れてクチュクチュ舐めた。黒髪に鼻を埋めると、やはり奈緒子などとは違う匂いがあった。汗の匂いがいちばん多く染み込み、それに香油らしき匂いが混じっていた。

首筋を舐め下り、着物の胸元を開こうとしたが、きっちり着ているので思うようにいかない。

仕方なく袂《たもと》の切れ目から手を差し入れていくと、案外簡単に素肌に触れた。

さらに汗ばんだ肌をたどり、奥に潜り込んで乳首を探った。

コリコリと指先で弄ぶと、

「い、いや……、お嫁に、いけなくなっちゃう……」

「大丈夫。僕がもらうからね」

亮太はいい加減なことを言い、自分の欲望を最優先させてしまった。

そして佳代自身も、好奇心と欲望の方が強くなっているように、それ以上は拒もうとしなかった。

「ね、帯を解いてもいい？　お布団も敷きたい」

袂から手を抜いて囁くと、

「知らない……」

佳代は両手で顔を隠し、ゴロリと横向きになった。

これはＯＫのサインだと思い、亮太は立ち上がった。

押し入れを開けると、上段に布団と枕、寝巻などが入れられていた。下段には竹で編んだ行李《こうり》や、冬に使う火鉢が入っている。

シーツなどはない。

そのまま布団を敷き、佳代の匂いのするモミガラ枕も出して置いた。

そしてまだ横向きに身体を縮めている佳代の、帯を解いた。

そしてシュルシュルと引き抜きながら、佳代の身体をゴロゴロと回転させて布団の上に移動させた。

仰向けにして着物と襦袢を開くと、ランプの薄明かりの中に美少女の裸体が浮かび上がった。

あとは赤い腰巻があるばかりだ。

亮太は屈み込み、まだ膨らみかけたばかりの胸に口づけしていった。

初々しい桜色の乳首を含み、チュッと吸いつくと、

「あん……」

顔を隠したまま、佳代がビクッと肌を震わせて声を洩らした。

舌で転がし、もう片方も充分に愛撫し、ジットリ汗ばんでいる胸元や腋の下にも鼻を埋めて嗅いだ。

さすがに、ナマの体臭は奈緒子などより濃く、うっとりと酔い痴れるほどの芳香が隅々に籠もっていた。

腋はスベスベだが、この時代の子も手入れしているのだろうか。あるいは発育が現代より遅く、まだ発毛していないのかもしれない。

亮太はいったん顔を起こし、緊張と興奮に震える指で、腰巻の紐を解いた。

佳代は、初めての体験に力が抜け、拒むことも忘れたように身を投げ出していた。

開くと、美少女の神秘の部分が露わになった。

頬は健康的な小麦色でも、日の当たらない内腿や下腹は、やはり透けるように白く滑らかだった。

亮太は可愛い縦長のオヘソを舐め、さらに下腹を下降していった。

まだ初潮前ということはないだろうが、下腹は幼児体形を残したようにふっくらと丸みを帯び、それでも生えはじめたばかりなのか柔らかそうな茂みがほんのひとつまみ、恥ずかしげに股間に煙っていた。

しかし、亮太が佳代の脚を開かせ、股間に顔を潜り込ませようとした途端、

「あッ……！」

佳代が声を洩らしてビクッと我に返り、激しい力で亮太を突き飛ばしてきた。

「うわ……」

亮太は身を離し、佳代の剣幕に行為を中止した。

「何するのよ。バカなことやめて……」

佳代が半身を起こし、乱れた着物をかき合わせて言った。

「な、なにって、普通だよ……」

「女の股に顔を突っ込むことが普通なの？　将来のある男子がすることじゃないわ」

佳代はきっぱりと言うが、亮太は、彼女がなぜ怒っているのかわからない。

「だって。好きな人のすべてを舐めたいじゃないか……」

「イヤらしい……」

佳代は泣きはじめた。

「見そこなったわ。こんな人の、子供ができたらどうしよう……」

「おいおい、子供ができるようなことはしてないよ」

亮太は、佳代の性的無知に肩を落とした。

「できたらどうするの……」

「それはね」

亮太は、佳代が泣きやむのを待ってから、セックスの原理を説明してやった。

「ほら、これを君のそこに差し込んで、精液を発射して、しかも運がよければ妊娠するんだよ」

実際は運が悪い場合の方が多いのだが、とにかく亮太は佳代にも理解できそうな言葉を選んでしゃべりながら、浴衣の裾を開き、ブリーフを脱いでペニスを見せた。

「……」

佳代は、恐る恐る男性器を見た。

「せいえきって？」

「その、子種だよ。男が、好きな人といちばん気持ちよくなると、ここから勢いよく飛び出るんだ」

「オシッコと違うの……？」

佳代は、徐々に興味を持ってきたようだ。

「出る場所は同じだけどね、全然違うものなんだ。白い色でね、ほら、この袋で製造されている」

亮太も、無垢な美少女に見られている興奮を味わいながら、勃起したペニスをヒクヒクさせて陰嚢まで見せた。

「変わった下着……」

佳代は手を伸ばし、亮太が膝まで下げた白のブリーフをつまんだ。

「ああ、これもハワイ製でね……」

亮太は苦しい言い訳をした。

「ハワイって、そんな進んでるの？　裸で腰ミノつけた土人がいるだけじゃないの」

「とんでもない。海岸以外は、ビルの並んだ大都会だよ」

亮太は言いながら、ブリーフについている綿何パーセントという札を隠した。それは日本語だからだ。

この時代の男子は、越中褌が一般的で、せいぜい富豪が猿股と呼ばれる白のトランクスをはいているだけだ。

やがて佳代の熱い視線が、下着からペニスに移っていった。

「いいよ、触って……」

亮太は、佳代の手を握って股間に導いた。

佳代も、恐々と肉棒をつまんできた。

「こんなに硬く立ってて、邪魔じゃないの？」

「普段は小さいけど、好きな人といる時だけ、差し込めるように硬くなるんだ」

説明している間にも、佳代の指が亀頭に這い、陰嚢に触れ、亮太は後戻りできないほど高まってきた。

「差し込まないと、子種は出ないの……？」

「いや、気持ちよくなれば出るよ」

「見たいわ。出してみて」

佳代も、すっかり機嫌を直して、男性の神秘に目をキラキラさせていた。

「いいよ。じゃ気持ちよくさせて」

「どうすればいいの？」

佳代が無邪気に小首をかしげて訊いてくる。

亮太は、完全に両足首からブリーフを抜き取って、佳代の匂いのする布団に仰向けになった。

4

「オシッコする格好で、顔を跨いでくれる？」

「また、そんなことを……。できないわ」

「佳代さんのアソコが見たいんだ。そうすると、すぐ出ちゃう」

「ダメよ。死ぬほど恥ずかしいもの」

佳代は頑なだった。

「じゃ、せめて足に触らせて……」

執拗に求めると、佳代は横座りになって、ようやく片方の足だけ亮太の顔の方へと突き出してきた。

足首を両手で摑み、顔を寄せてみた。

素足で過ごしている割には、足裏は案外綺麗だった。

「全然、汚れてないんだね……」

「当たり前でしょう。奉公人の足が汚れていたら、そのお屋敷のお掃除を怠けている証拠だもの」

「なるほど。これは？」

亮太はくるぶしにある、変色したコリコリをいじった。

「イヤね、座りダコなんか触って……」

これも、正座の生活をしているとできるものらしかった。現代の女性には、絶対にできないものである。

亮太は顔を寄せ、汗と脂に湿っている指の股に鼻を押しつけて嗅いだ。

「いい匂い……」

「あッ……！」

佳代はまた心外そうに声を上げ、サッと足を引っ込めてしまった。

「どうして、そんなに汚いものが好きなの」

弟を叱る姉のように言う。

「汚くないよ。人の身体は神様が作ったものだろう。まして好きな人の足ならば、舐めたっていいじゃないか」

「そんなに、私のこと好きなの……？」

「うん。好きだよ」

「それなら、陸士を受けて。ううん、英語が得意なら海兵でもいいわ。そうしたら旦那様にお願いして許嫁《いいなずけ》になって、任官した時にお嫁に行くから」

やはりこの時代の娘は、男と何かあれば、すぐ結婚に結びつけるようだった。

「陸士」は陸軍士官学校。「海兵」は海軍兵学校。今で言えば防衛大学。どちらも職業軍人になるためのエリートコースだ。

特に日本海軍は英国を模範としているから、まだ戦争前のこの時代は、英国との交流があった。

また「任官」とは、卒業して候補生を経て少尉になり、正規に軍人となったときのことである。

「うん。では父と相談して前向きに考えておくことにするよ。今はとにかく、子種を見る勉強をしようね」

話が飛びそうなので、亮太は慌てて修復した。

「でも、足はもう嫌よ」

「じゃ、いじってみて」

言うと、佳代はほんのり汗ばんだ手のひらでペニスを包み込み、ぎこちなくニギニギしてきた。

「気持ちいいよ。もっと強く……」

仰向けのまま亮太は息を弾ませ、ジワジワと高まっていった。

「こう……?」

佳代も、言うとおりにしてくれた。触れてしまうと、次第に馴れてきて抵抗感も薄れてきたのだろう。

「ね、口でしてくれる……?」

「口って、どうするの」

「おしゃぶりして……」

「そんなこと……!」

佳代は、また目を吊り上げて醒めた声を出した。

「だって男のいちばん大切なところだよ。それに吸ってくれれば、すぐに出るから」

「口に出すの?」

「嫌なら、出る前に言うから、そうしたら離していいから」

再三促すと、ようやく佳代も決心して屈み込んできてくれた。

鼻先まで寄って、少しためらい、やがて佳代はチロッと赤い舌を出して張り詰めた亀頭を舐め上げた。

「ああ……、もっと……」

亮太は、柔らかく濡れた舌の感触に喘ぎながら言った。

佳代も、何度か舐め上げ、指を陰嚢に這わせたりしてきた。

「口に入れて、嚙まないように……」

そう言うと、佳代も口を丸く開いて、パクッと亀頭を含んでくれた。

佳代の口の中は熱く、たまに様子を探るように触れてくる舌が何とも気持ちよかった。

たちまち亀頭は、美少女の無垢で清浄な唾液にまみれ、熱い息が下腹をくすぐってきた。

「出し入れしてみて……、そう、もっとお行儀悪く、音を立てて吸って……」

亮太は、高まりに乗じて佳代に図々しく要求を繰り返しながら、急激に迫ってくる絶頂を感じた。

「で、出ちゃう……」

口走ると、佳代もすぐにスポンと口を離した。

「こっちへ来て、握って動かして……」

亮太は忙しげに言って佳代を抱き寄せ、腕枕してもらった。そしてもう片方の手でペニスをしごいてもらい、佳代の甘い体臭と甘酸っぱい吐息を心ゆくまで吸い込みながら、激しい快感に貫かれていた。

「あう……、いく……！」

喘ぎながら、美少女の手のひらの中でヒクヒクとペニスを脈打たせた。

熱い大量のザーメンが、勢いよく噴出し、放物線を描いて亮太自身の腹や胸にまで飛び散った。

「あん……」

指を濡らされた佳代は、さっと手を離した。

続きは自分でしごき、亮太は佳代の胸に顔を押し当て、最後の一滴まで放出した。

ようやく手を離し、佳代の匂いの中でうっとりと余韻を味わった。

「だんだん小さくなってくわ。ほら、硬さがとれて……」

佳代が言う。

これで、オシッコと違うものが噴出し、亮太の言うことを信じたようだった。

そして佳代は濡れた指を嗅ぎ、わずかに眉をひそめながら紙で拭いた。文机の下に置かれていた紙の束も、新聞紙を切って作ったものだった。

拭いた指が少し黒くなったが、どうせこれから風呂で洗えばよいだろう。

そうか、ワレメもお尻も、拭けばインクがついて黒くなるのか、と亮太は、射精直後のぼんやりした中で思った。

「変な匂い……」

「でも、これが子種の匂いなんだよ。オシッコとは違うだろう？」

「ええ……、これが中に入ると赤ちゃんができるのね」

「うん。中の奥深くで発射しないと妊娠しない。だから指についたり、舐めたり飲んだりしても大丈夫だよ」

「こんなの飲む人はいないわ」

「みんな飲むんだよ。好きな人の子種だからね、栄養はあるし、捨てたら可哀想だろう？」

亮太は身を起こしながら言ったが、佳代は生理的な違和感ばかりが先に立っているのか、返事はしなかった。

「そろそろお風呂が空く時間だわ」

佳代が、身繕いしながら言った。そして寝巻と手拭いを出して用意する。

もう今夜は、これ以上は望めそうもなかった。

「うん。じゃ僕も帰るよ」

「明日、お母様と一緒に来るのね？　優子先生に言われたでしょう」

「ああ、そうだね」

「じゃ、また明日」

佳代はランプの火を消し、先に出て様子を窺った。

この時代は節約が徹底しており、わずかの間も部屋を出る時はランプを消すようだった。風呂から上がって戻れば、あとは寝るだけだから、もうランプは点けないのだろう。佳代の朝は早いのだ。

後から亮太も出て、佳代が母屋の方へ行くのを見送ってから、こっそりと教室に入り、引き戸から現代へと戻った。

5

午後になって、奈緒子が帰ってきた。

間もなく叔父の平成も起きだしたので、亮太も一緒に遅めの昼食をとった。

それから亮太は散歩に出て、現代の高輪界隈の様子を頭に入れた。

佳代との、ときめきのひとときばかりでなく、あの時代の風景などにも興味を持ったのだった。

家や商店などは変わっても、大通りなどはそのままだろう。

もちろん六十五年も経てば、戦災を受けた面影など片鱗もなく、わずかに残った緑の中から蟬の声が聞こえているだけだった。

ひと回りして帰宅し、夕方には伯父が出勤していった。

また今夜も、奈緒子とのドキドキする行為があるかと思うと、亮太は期待に激しく胸が高鳴った。

大人の奈緒子に身をもって教わったことを、無垢な佳代にぶつけてみたい、亮太はそう思い、性欲だけは無尽蔵に湧き上がってくるのを感じた。

やがて入浴を終え、亮太は自分の部屋に戻った。

そして布団に仰向けになって、奈緒子の様子に耳を澄ませていた。

奈緒子も風呂を出て、戸締まりや灯りを消して回っているようだった。

もう間もなく、この部屋にやってくるだろう。

しかし、茶の間で電話が鳴ったようだ。

奈緒子が出て、何やら話している。

電話はすぐに切れたが、奈緒子の急いだ足音が近づいてきた。

「亮太さん」

戸が開いて奈緒子が言う。

「何かあったの？」

亮太も、異変を察して半身を起こした。

「伯父さんが怪我して病院に運ばれたらしいから、ちょっと行ってくるわ」

「ええッ……？」

亮太が起き上がると、奈緒子は笑って手を振り彼を制した。

「いえ、事故や事件じゃないの。荷物をどけようとしてギックリ腰ですって。前にもやったのよ」

「そ、そう……」

「今日は遅いから、このまま病院に泊まって、朝に帰ってくるわ」

「わかりました」

「ううん、せっかく二人の時間になろうとしていたのに、残念ね」

奈緒子は言い、浴衣姿で入ってきて、亮太に軽くキスをした。

亮太が、柔らかな唇の感触と甘い匂いを感じたと思ったら、すぐに離れ、彼女は支度に戻っていった。

(まあ、しょうがないか……)

亮太も諦め、いちおう見送りに起き上がって茶の間へ戻った。

奈緒子はすぐに洋服に着替え、車のキイと保険証を入れたバッグを持った。

「本当に困っちゃうわね。そろそろ引退してもらわないと」

「気をつけて」

「ええ。朝は寝てていいわ。勝手に鍵開けて入ってくるから」

「はい」

「じゃ、悪いけどお留守番お願いね」

奈緒子は出ていった。

亮太は奈緒子の車の遠ざかる音を聞き、玄関をロックした。

しかし、まだ眠くはない。

どうせ退屈なのだから、あちらに戻ってみようと思い、亮太はパジャマを脱いで、また浴衣を着て帯を締めた。

母屋の廊下から、引き戸に迫った。

気を込め、ゆっくりと戸を開ける。

「朝か……」

いきなり明るい光を感じ、亮太は顔をしかめながら塾の教室に入った。

もちろん佳代はもう起きて、母屋で立ち働いていることだろう。窓から見上げる日の位置からして、もう午前九時すぎ頃だろうと思った。

亮太は、塾の出入口に置きっぱなしの、汚い下駄を突っかけて外へ出て、こっそりと裏口から通りへと出た。

昼間、現代の高輪界隈を散歩したばかりである。

それと照らし合わせながら、道に迷わない範囲で散歩しようと思った。

思ったとおり大通りは変わっておらず、ただ舗装されていないので埃っぽかった。

本屋でもあれば入りたかったが、しばらくは閑静な住宅街ばかりで見当たらない。

ところが、そのときである。

「貴様！　ちょっと待て」

いきなり怒鳴られた。

振り返ると、一人の軍人が立っている。

襟の布は、誠太郎のような赤ではなく黒色で、左腕には腕章をしていた。腕章は白地に赤で、「兵憲」と書かれている。

右から読むから「憲兵」だ。

戦記の好きな亮太は、当時の憲兵が警官より恐いことを知っていた。

右腰の拳銃ホルスターと左腰の軍刀がいかめしい。階級は伍長、チョビ髯を生やした人なつこい顔立ちだが、目は鋭かった。

「学生でも奉公人でもなさそうだな。どこの誰だ」

どうやら小綺麗な浴衣が、かえって目立ったようだ。しかも周囲をキョロキョロしながら歩いていたし、この界隈は高級住宅街なのだ。

「はあ……」

「答えろ！」

憲兵伍長は詰め寄ったが、まさか誠太郎の名を出すわけにはいかない。この時代では、亮太は南条家とは何の関係もないのだ。

座敷童などという言い訳の通じる相手でもないだろう。

しかも亮太は、かけっこが苦手だから逃げ足は遅い。

亮太が言葉に窮していると、

「待ちたまえ！」

凛《りん》とした声が響いた。

見ると、変わった軍服を着た軍人が、長靴の音を鳴らして颯爽と近づいてきた。

顔立ちも言葉も、やけに芝居がかっている。

「この子はボクの連れだ。訊問には及ばないよ」

男、いや、女だ。

髪を刈り上げ、軍装に身をまとっているが長身の女性のようだ。しかも日本陸軍の軍服ではない。立派な軍刀を下げているが、ワイシャツにネクタイが覗き、どちらかというとドイツ軍の服に近い感じだ。

「き、貴官は……？」

憲兵伍長は、相手の堂々とした態度に、言葉を改めた。

「ほう、僕の顔を知らないのかい？」

「なに……」

「安国軍総司令官の河鳥《かわとり》だが」

「あ、あの、河鳥嘉子《よしこ》さん……！」

憲兵伍長は直立不動になり、挙手の礼をした。

「失礼致しました！」

「ああ、いいよ。いま白山《しろやま》少将の屋敷を訪ねてきたんだ。この子は僕の弟分で、ひと足先にタクシーを探すよう言いつけていたのさ」

「そうでありましたか」

「まだお疑いなら、白山少将を呼ぼうか？」

嘉子が引き返そうとすると、

「い、いえ、それにはおよびません！」

憲兵は慌てて止めた。

伍長程度の下士官が、将官を相手にまともにしゃべれるわけがない。憲兵伍長はもう一度敬礼をし、足早に立ち去っていった。

「あ、ありがとうございました……」

亮太は、この男装の麗人に頭を下げた。

戦記で、名前ぐらいは知っていたが、これほどの美人とは思わなかった。

「いいさ。ところでキミ、時間はあるかい？」

「え、ええ……、少しぐらいなら……」

「少し付き合ってくれたまえ」

嘉子は言い、ちょうど通りかかったタクシーを停め、先に乗り込んだ。

「さあ」

促され、亮太も車に乗った。

嘉子が運転手に何か言ったが、店の名前らしく、何処へ行くのかはわからないままタクシーは走りだした。

第三章　巨乳先生

1

「キミは、何者なんだい？」

品川の旅館で、河鳥嘉子が亮太に言った。

ここは彼女が逗留している部屋のようだ。

奥は和室だが、広いリビングにソファがある。

嘉子は軍刀を外して壁に立て、上着だけ脱ぎ、長い脚を組んで正面から亮太を見つめていた。

白いワイシャツに赤いネクタイが鮮やかだ。

「キミは、南条中尉の家から出てきたね」

どうやら彼女は、亮太が屋敷を出たところから見ていたようだった。

「ええ、あの塾の生徒です」

「そんなことはわかっているさ。いいかい？　ボクには特殊な能力があるんだ。キミは、普通の人間じゃない。違うかい？」

「……」

嘉子は、どういうわけか亮太の存在が気になり、少将の屋敷を出て彼を見かけてから、後をつけていたらしい。

「はあ……、おじい、いえ、南条中尉は僕のことを座敷童だと言いました」

「ザシキワラシ？」

嘉子は身を乗り出して亮太を見つめ、いきなりのけ反るように笑いだした。

「あっははは、それはいい。妖怪の一種だったのかい。じゃ、ボクもあらためて自己紹介しよう。ボクは満州帝国の産んだ亡霊さ」

「亡霊？」

「そうさ。満人でも日本人でもなく、男でも女でもなく、軍人でも民間人でもない亡霊だ。お互い、実体のないもの同士、仲良くしようじゃないか」

嘉子は白い手袋を外し、手を伸ばしてきた。

握手すると、柔らかな手のひらがギュッと力強く亮太の手を握り締めてくる。

(歴史上の人物と握手している……)

亮太は感激に胸が震えた。

このとき嘉子は二十八歳。実際、彼女の活躍の場は満州であるが、今は養父の古希の祝いで帰国していた。

男装の麗人、東洋のマタハリ、日本軍に協力し、魔都に暗躍する美しきスパイとして、彼女は伝説となりつつあった。

「ときに、キミに頼みたいことがある」

「なんですか」

「キミは、相沢事件を知っているね?」

「はあ、統制派と皇道派の」

「おお、やはりボクが見込んだだけある。頭の良い子は好きだよ。昨年十一月にも、その二派の対立する士官学校事件が起きた。それで、どうも青年将校がキナ臭い動きをしている節があるんだよ」

「……」

「キミは、南条中尉が皇道派を脱退したことは知ってるかい？」

「いいえ」

「まあ、脱退というより中心から外されたんだ。その原因は、優子夫人にある」

「優子先生が……？」

「彼女は小学校教師だったが、危険思想を持っていて退職した。ところが、その彼女を妻にしたので、南条中尉は中心から外されてしまった」

「き、危険思想って？」

どうやら、あの塾は当局にマークされているようだった。

「ふん。アカなのか、単なる自由主義者なのかはハッキリしない。噂なんていい加減なものさ」

「ええ。僕も根拠のないことだと思います。優子先生は、情熱を持って塾生を教育しているし」

「その情熱が問題なのさ。そこでキミに、優子夫人のことを調べてほしいんだ」

「調べるって……」

「なあに、授業の最中に変わったことを言ったりしないか、ほんのささいなことでいい。どうやらキミは優子夫人を尊敬しているようだからね、かえって濡れ衣が晴れる方が嬉しいだろう？」

「そうですね」

「何らかの方法で連絡するから、報告してほしい。悪いようにはしないよ」

どうやら嘉子は、陸軍内部の対立に関わり、また何か一旗上げようと企てているようである。

「わかりました」

「よし、じゃ仲間のしるしだ」

嘉子は立ち上がり、いきなり両手で亮太の顔を挟んだかと思うと、乱暴にピッタリと唇を重ねてきた。

「ウ……！」

亮太は驚いたが、ほんのりハッカの匂いのする息に酔い痴れ、すぐに力が抜けていってしまった。

やがてヌルッと舌が侵入してきて、クチュクチュと妖しく蠢いた。

さらに舌が引っ込むと、今度はトロトロと大量の唾液が注ぎ込まれてきた。亮太はその生温かいシロップで喉を潤した。

長いディープキスの最中、嘉子はずっと唾液を流し込み、亮太はすべて飲み干して喉を潤した。

ようやく、唇が離れた。

「ふふ、これをイヤがらなかったのは、キミが初めてさ。いくらボクに忠誠心を誓っても、これをすると顔をしかめて吐き出す奴ばかりだ」

嘉子はチロリと唇を舐め、亮太の髪を撫ぜた。

「か、河鳥さん。僕もお願いが……」

「今日からボクのことは、兄さん、と呼ぶんだ。いいね」

「は、はい。兄さん」

そう呼ぶと、嘉子は嬉しそうな顔をした。

「なんだい」

「今日、南条塾に親を連れていかなければなりません。でも」

「親がいないのかい？　いや、答えなくていい。その方が神秘的で面白いからね」

幸い嘉子は、深く詮索してこなかった。

「キミが望むなら、何でもしてあげよう。で、誰かに親のふりをさせて一緒に行けばいいんだね？」

「はい」

「ボクじゃマズイだろうからな、よし」

嘉子は受話器を取り、馴染みらしい仲居を呼んだ。

間もなくドアがノックされ、嘉子が開けると、品の良い和服の女性が入ってきて頭を下げた。

「やあ、サダさん。今日これから、この子と一緒に高輪へ行ってくれないか。支配人にはボクから言っておくから」

嘉子が彼女に説明すると、仲居は亮太にも頭を下げた。

「矢部《やべ》サダ子と申します。閣下のお役に立ちますことなら何なりと」

「はあ、堀井亮太です」

亮太も挨拶した。

「サダさんは、まだ二十九だけれど落ち着いた感じの和服美人だろう？　何とか、キミの母親と言っても通るんじゃないかな」

嘉子は言い、サダ子には堀井サダ子と名乗るよう念を押した。

やがて嘉子がタクシーを呼んでくれ、亮太はサダ子と一緒に乗り込んで高輪の南条家に戻った。

そして優子に会い、サダ子を母親だと紹介した。

「そう、ご主人は貿易商でハワイに」

「はい。私とこの子だけ三田の家に戻りましたの」

サダ子も、打ち合わせたとおり、うまく話を合わせてくれ、優子に疑われるようなことはなかった。

「中学への編入が決まりますまで、どうぞ亮太をよろしくお願い致します」

「こちらこそ。優秀な子に来ていただけると助かりますので」

「では、これで」

サダ子は亮太を残し、待たせておいたタクシーで品川の旅館に帰っていった。

「品の良いお母様ね」

優子は亮太に言い、やがて亮太は夕方の塾がはじまるまで佳代を手伝い、教室の掃除でもさせてもらうことにした。

2

「あのう、少しお話ししてもよろしいですか?」

縁側で一服している誠太郎に、亮太は恐る恐る話しかけた。

佳代は忙しくて亮太の面倒まで見る暇はないらしく、一人で教室にいるのも退屈してきたのだ。

いったん現代に戻ろうかとも思ったが、縁側にいる誠太郎を見つけたのである。

たまたま何か書類でも取りに帰宅し、迎えがくるのを待っているのだろう。軍服の上着を脱ぎ、襦袢と軍袴だけの姿だった。

「おお、座敷童か」

「なんだ」

誠太郎も、河鳥嘉子と同様、亮太の詮索をしようとはしなかった。

「統制派との対立が激しくなって、皇道派が何か起こすとしたら、おじさんも加わるんですか」

「なに……？」

誠太郎は、一瞬眉を険しくしたが、すぐ笑顔になって言った。

「はは、士官学校事件とか、相沢事件を新聞で読んで、あれこれ考えたのだろう。そんなことに気を回さなくていい」

「はあ……」

「我々は何も事を起こしたりしない。仮にだ、何か起こそうという相談がまとまったとしても、わしは行かない。やることは山ほどあるからな。今は内部で対立している場合ではない」

「そうですね」

「何故そんなことを訊く」

「陸士を受けたいんです。いろいろ知りたくて」

「ならば、勉強だけでなく身体も鍛えておけ」

誠太郎は、亮太の細い肩を叩いた。

「あなた、お迎えが」

「おう」

優子に言われ、誠太郎は立ち上がった。

優子が上着を着せ、帽子と軍刀を持って二人で玄関の方へ向かう。

誠太郎の両親は外出しているらしい。佳代や他の奉公人たちも、厨房で支度をしたり、買い物に行ったりしているようだった。

亮太は塾の教室に戻ろうと思った。

「ちょっと」

誠太郎を見送り、戻ってきた優子が言った。

「来て」

彼女は縁側から亮太を呼び、彼が近づくと、いきなり手をつかんで引っ張り上げた。

「ま、待って、優子先生……」

亮太は慌てて下駄を脱いで上がり込み、引っ張られるまま奥の部屋へと入った。

そこは、現代では夫婦の寝室になっている部屋だ。

過去でも同じらしい。

八畳間には鏡台とタンスがあり、現代にはなかった文机とアンティークなラジオが置かれていた。

「亮太さん、あなた何者なの。正直に言って」

優子は亮太を座らせ、その正面から彼の両肩を押さえて訊いた。どうやら縁側での誠太郎への質問などを聞いていて、気になったのだろう。

「ぼ、僕は……」

亮太は、間近に迫る優子の、白く美しい顔にしどろもどろになった。童貞を捧げた現代の伯母、奈緒子よりひと回りちょっと若い顔が目の前にある。

白いブラウスに巨乳が迫《せ》り出し、スカートから覗く丸い素足の膝小僧が艶めかしかった。

まだこの時代には、パンストなどはない。

それでも優子はうっすらとお化粧し、唇は赤くヌレヌレと光沢を放っていた。

「僕は、先のことが、わかるんです……」

「え……？」

優子は、亮太の意外な返事に小首をかしげた。

「どういうこと……？」

「おじさんには内緒にしてください。来年の二月、青年将校の反乱が起きて、鎮圧されたあとに首謀者数人が死刑になります」

「まあ……」

もちろん大きな戦争のことや、優子が空襲で死ぬことなどは口が裂けても言えなかった。

しかし急に、それを思うと亮太は悲しくなってきてしまった。この豊満で神々しい若妻の命が、あと十年足らずと、はっきり区切られているのだ。

だが彼女が死ななければ誠太郎は再婚せず、亮太の母は生まれてこないのである。

亮太は急に涙が溢れ、いきなり優子の胸にすがりついてしまった。

「ど、どうしたの……」

優子は驚いたものの、それでも亮太が泣いていることを知って、突き放すようなことはしなかった。

「別に、叱っているのじゃないのよ。何を詮索しているのか気になっただけ。でも、それも私の誤解だったようね」

「……」

巨乳に顔を埋め込んでいると、少し落ち着いてきた。いま密着しているのは、実際には六十五年も前の人なのだという気持ちと、ブラウスを通して感じられる甘い匂いに、徐々に激情の方向が変わってきたようだ。

「なぜ気になったかというとね、実は、私は尾行されていたことがあるの」

優子は、なだめるように亮太を胸に抱きながら話しはじめた。

「もちろん活動なんかしていなかったけど、自由に個性を伸ばせる生き方が選べるような世の中を望んだし、だからこそ、親がすすめてお膳立した婚約をやめて、うちの人のところへ来ちゃったの」

そうしたスキャンダルが、誠太郎の出世を妨げる結果になったのかもしれないが、歴史的に見れば、皇道派の中心から外れたことは生き延びることを意味するので、やはり優子は誠太郎にとって良い縁だったと言うべきだろう。

何しろ、この時代のモラルは、あと十年で崩壊、消滅するのだから。

「その婚約者という人が、私がアカだという噂を立てたらしいわ。軍事工場の長男で右翼にも顔のきく伍代英介《ごだいえいすけ》という人」

優子は恨んでいるのだろう。だから、亮太のような少年に打ち明けたのだ。

いや、得体の知れない少年だからこそ、話しやすかったのかもしれない。

どうやら河鳥嘉子の聞いた情報も、その伍代某から右翼に回って伝え聞いた不確かなものだったようだ。

もちろん誠太郎は、そのようなことは一切意に介さず、軍務も家庭も淡々と過ごしていた。

二人が出会ったのは、銀座で行なわれた竹久夢二の遺作展というからロマンチックだ。優子は、絵の好きな生徒たちを引率し、誠太郎も晩年絵画に熱中したくらいだから、この頃から好きだったのだろう。

さらに優子は、今まで胸につかえていたものを吐き出すように、すべてを訥々と亮太に語った。

優子の実家は麹町にあるが、実際は地方から養女に出されたもので、実の両親はすでにないらしい。

そして子のなかった養父母は優子を大切にし、女子師範学校まで行かせて教師にしたのに、親に逆らい婚約を破棄したことで、いまは絶縁状態のようだった。

亮太は抱かれながら、もう悲しみよりも、股間のムズムズの方が激しくなってきてしまった。

自分でも現金な性格だと情けなくなるが、少なくともいま現実に美女の胸に抱かれているのだ。

ブラウスの腋はうっすらと汗に湿って、何とも甘ったるい芳香が漂い、亮太の全身から力を奪っていた。

しかも語り続ける優子の形良い唇が、すぐ目の上にあり、美女の吐き出す甘い吐息を好きなだけ吸収できるのだ。

かつての男子生徒や今の多くの塾生たちの憧れ、その先生であり若妻の優子を、亮太が独占している。

「ね、先のことがわかるのなら、一つ聞きたいの」

「うん……」

「ソ連と、戦争になる？」

なるほど、この時期の仮想敵はアメリカではなくロシアだ。だからこそ陸軍はソ満国境に軍事力を集結しつつある。

「なるけれど、それはうんと先。被害に遭うのは北満に住んでいる日本人」

「そう。でも……」

米英との大戦争は、とても言うわけにいかなかった。

「ねえ、僕……」

亮太は、優子のそれ以上の質問を制するように言った。

3

「どうしたの……？」

「何だか、身体がモヤモヤして……、ここが突っ張って変なんだ」

亮太は、無垢を装って言った。まあ、この時代の少年なら性的に無知でもおかしくないし、亮太は小柄だから実際の年齢よりずっと若く見える。

「朝も、下着が濡れてるし、これって病気なの？」

亮太は突き放されないよう、シッカリしがみつきながら訴えた。

「病気ではないけれど……」

優子は戸惑い、どのように答えようか迷っているようだ。

「いま、何だか夢の中みたい。変な気持ち……」

亮太は言ったが、実際にこうして優子の匂いに包まれながら、今にも昇りつめそうな気分になってきた。

すると、いきなり優子が顔を寄せ、ピッタリと唇を重ねてきたのだ。

「く……！」

亮太は驚いた。

まさか、こんな身持ちの固そうな教師で、しかも軍人の妻が、自分から行動してくるなど夢にも思っていなかった。

亮太はせいぜい、真面目な優子を性的な質問で困らせ、あとでオナニーできればいいぐらいに思っていたのである。

ほんのり濡れた唇が密着し、甘い湿り気が濃く感じられた。

亮太はうっとりしながらも、重なった唇を開くと、優子も開き、舌を伸ばしてくれた。

舌先が触れ合い、次第に互いにチロチロと動かしはじめた。

優子の舌は温かく柔らかく、何とも心地好く濡れていた。

舌をからめながら、亮太はブラウスの上から巨乳にタッチしてしまった。

「うゥん……」

優子は小さく呻いて熱い息を弾ませ、反射的にチュッと強く亮太の舌に吸いついてきた。

拒まれないので、亮太は手探りでブラウスのホックを外し、中に手を差し入れた。

肩紐はあるがブラではない。

何と言うのだろう。白くてツルツルする繊維だ。シュミーズとか、スリップとか言うのだろうか。この当時の呼び名はわからない。

とにかくブラほどきっちりしていないので、簡単に上から乳首まで指が届いた。

「あん……」

とうとう優子が、ビクッと震えて声を上げ、口を離した。

「待って……、私、どうかしていたわ。だから離れて……」

「お願い。オッパイ吸いたい」

亮太が執拗に顔を潜り込ませ、色づいてコリコリと勃起した乳首に吸いついた。間近で見る白い肌は、うっすらと静脈が透け、服の内部に籠もった肌の匂いも胸いっぱいに吸い込むことができた。

やはり奈緒子に似た匂いだ。

大人の女性は、みな匂いが似てくるのだろうか。

「あう……、いい気持ち……」

優子は、大きな声が洩れないように奥歯を噛み締め、力いっぱい亮太の顔を抱き締めてきた。

亮太はギュッと顔全体が巨乳に埋まり込み、心地好い窒息感に喘いだ。

「こんな気持ち、初めてよ……。いけないことなのに……」

優子が亮太の耳元で熱く囁く。

「何だか、ずっと前から亮太さんを知っていたみたい……」

「ね、全部教えて。僕、優子先生に教わりたい。好きなんだから、ちっともいけないことじゃないでしょう」

亮太は言ってみたが、すっかり高まってしまっている優子も、もう拒む様子はないようだった。

そのまま亮太は優子を畳に押し倒し、両の乳首を充分に吸ってから、そろそろとスカートの中に手を入れていった。

一方、優子は、すっかり力を抜いて、亮太に身を任せてしまっている。

亮太は乱れたブラウス内部に顔を突っ込み、腋の下にも鼻を埋めた。

やはり生ぬるく甘ったるい汗の匂いがタップリと感じられ、しかも淡い腋毛もあって実に色っぽかった。

スカートの中もナマ脚で、手のひらは滑々した内腿を撫で上げていった。

やがて亮太は脚に移動し、綿の靴下を脱がせ、足の裏に唇を押しつけた。

「あ……、ダメ……」

指の間に鼻を押し当てると、優子がビクッと足を引っ込めようとした。

指の股はさすがに汗と脂に湿り、ドキドキする匂いが鼻腔をくすぐった。

亮太は美人若妻教師の足の匂いで胸を満たし、爪先をしゃぶった。

「き、汚いわ。やめて……」

優子が激しく息を弾ませて言った。

もちろん軍人の誠太郎は、女性の足までは舐めたりしないだろう。

亮太は両足とも心ゆくまで味わってから、スベスベの脚をゆっくりと舐め上げていった。

スカートの中に顔を突っ込むと、亮太は生暖かな熱気に包まれた。

股間に迫ると、ムッチリした内腿がキュッと締めつけてきた。

下着は、かなり腰の方まである大きいものだ。ズロースというのか、綿の無地で、現代ではダサい感じかもしれないが、それが豊満な優子の腰にピッタリしていると、何よりも似合っているように思えた。

裾をまくり上げ、ズロースを下ろしはじめると、

「ああ……」

優子は声を洩らし、拒むかわりに両手で顔を覆った。

お尻の丸みを通過させるとあとは楽で、とうとう亮太は完全に両足首からズロースを抜き取ってしまった。

ピッタリ閉じようとする両膝の間にすかさず潜り込み、亮太は、この時代の美女の神秘を観察した。

黒々とした恥毛が丘に煙り、何よりも股間全体に籠もる熱気と湿り気、それに大人の女性の匂いが濃厚に顔に吹きつけてくるようだった。

真下のワレメからはわずかにピンクの花びらがはみ出し、内側にほんの少し、小さな白いものがあった。少し考えて、拭いた時のチリ紙がわずかに破れて付着したものだとわかった。

これが、この時代の女性の普通なのかもしれない。

母屋では新聞紙ではなく、ちゃんと白いチリ紙を使用していることもわかった。

そっと指で取り去ろうとすると、すぐに指がヌルヌルしてきた。

そのまま陰唇を開き、奥で息づく膣口と、ポツンとした尿道口、包皮の下から顔を覗かせた真珠色のクリトリスを眺めた。蜜を宿した花弁全体は見事に調和がとれ、美しいと思った。

もう我慢できず、亮太はギュッと優子の中心に顔を埋め込んだ。

「ああッ……!」

優子が激しく喘ぎ、慌てて両手で口を押さえた。

柔らかな恥毛に鼻を埋めてみると、やはり、今までいちばん濃厚なフェロモンが感じられた。

甘ったるい汗の成分は奈緒子に似ているが、それにチーズ臭がうっすらとミックスされた感じだ。

これが、本来の熟れた女体の性臭なのだろう。

亮太は、鼻をこすりつけて恥毛の隅々に染み込んだ匂いで胸を満たした。

「いい匂い」

「い、いやッ……」

優子が腰をよじって逃れようとする。もう人妻や女教師としての落ち着きは吹き飛び、少女のような恥じらいに身悶えていた。

やがて舌を伸ばし、はみ出した陰唇から徐々に内部へと這わせていった。

中のお肉はヌルヌルして、ほのかな汗の味に混じって淡い酸味が感じられた。

奥まで差し入れてクチュクチュ動かし、複雑に入り組んだヒダヒダを味わった。

そのままクリトリスまで舐め上げると、

「あう！」

電気が走ったように優子の股間がビクッと跳ね上がった。

時代は違っても、やはりこの部分は共通で、最も敏感らしかった。

亮太は執拗にクリトリスを舐め上げ、内部に溜まった愛液をすすり、やがて優子の両足を抱え上げていった。

「や、やめて……」

「ダメ、じっとして」

亮太は強引に浮かせ、押さえつけた。

最初は無垢を装って迫ったくせに、興奮が高まると夢中になり、すっかりリードする感じになってしまっていた。

4

豊かな色っぽいお尻の谷間を指で開くと、うっすらとヌメリのあるピンクのツボミが息づいていた。

可憐な襞が震え、見た目は清潔でチリ紙の付着もなかった。

それでも鼻を押し当てると、谷間全体の汗の匂いに混じって、ほんのり生々しくゾクゾクする匂いが鼻腔を刺激してきた。

（うわ、感激……！）

それは、予想していたよりずっと控えめで上品な臭気ではあったが、激しく亮太の官能を揺さぶってきた。

これが本来の、ウォシュレットもない時代の女体の匂いなのだ。

亮太は、美女が最も隠したい匂いを貪り、そのツボミに舌を這わせた。

「い、いけないわ……、そこは汚いから……」

優子は喘ぎながら、少年を諭すように言うが、彼の鼻先にあるワレメからは白っぽく濁った大量の愛液がトロトロと溢れてきた。

細かな襞の震えを舌先に感じ、やがて唾液にヌメった肛門にヌルッと差し入れて粘膜まで舐め回した。

粘膜は甘苦いような味覚があったが、やがて味も匂いもなくなるほど舐め尽くしてから、亮太は愛液を舐め上げながらクリトリスまで戻っていった。

「ああ……、あぁッ……！」

いつしか優子は言葉も出せなくなり、ただ激しく声を上ずらせて喘ぎ、逃がさぬように亮太の顔を内腿で挟み、さらに両手で彼の頭を押さえつけていた。

亮太も顔を埋めて激しく舐めながら、自分も浴衣の裾を開いてパンツを脱ぎ去ってしまった。

ようやく優子の内腿の力がゆるんだときに顔を上げ、亮太は股間を進めてのしかかっていった。

もう優子も、亮太が無垢かどうかなど気が回らなくなっているだろう。

奈緒子に教わったセックスを、奈緒子に似た優子に向け、亮太はワレメに先端を押し当てていった。

亀頭がヌルッと潜り込むと、

「アアッ……！」

優子が身を反らせて喘ぎ、両手で亮太を抱き寄せてきた。亮太は身を重ね、ズブズブと根元まで押し込み、ピッタリと股間を密着させた。

優子の温もりと感触を心ゆくまで味わった。

「も、もう、どうなっちゃってもいい……、お願い、突いて、奥まで……」

優子が口走り、待ちきれないように下からズンズンと股間を突き上げてきた。

やはり時代が違っても、どんなに自制心の強い性格だろうとも、いったん燃え上がってしまった女体は、みな同じのようだった。

もちろん相性もよかったのだろうし、優子が亮太の持つ神秘性に対し、前向きに興味を持った結果なのだろう。そしてさらに、大きな運命の力が働いていることを、まだ二人は知らなかった。

亮太も急激に絶頂が迫り、腰を突き動かしはじめた。

愛液が多く、動きは実に滑らかだった。逆にヌメリが多くて摩擦が少ないが、熱いほどの温もりと弾む柔肌が何とも心地好かった。

亮太も、もう焦らす余裕はなく、いったん動くとフィニッシュまで止まらなくなってしまった。

「ああーっ……、すごいわ……！」

優子がガクガクと痙攣し、亮太を乗せたまま何度も反り返った。

膣内も締まりがよく、たちまち亮太も昇りつめてしまった。

同時に激しい怒濤のような快感に全身が巻き込まれ、ありったけの熱いザーメンがドクンドクンと勢いよく柔肉の内部に噴出した。

「く……！」

優子はザーメンの直撃を感じ取り、短く呻いて硬直した。

やがて亮太は最後まで最高の快感の中で出しきり、動きを止めてゆっくりと力を抜いていった。

優子も硬直を解き、グッタリとなった。

亮太は、せわしく息づく柔肉のクッションに身を委ねたまま、優子の甘い吐息を間近に感じながら余韻に浸った。

「とうとう、教え子と関係してしまったわ……」

優子が、魂の抜けたような声で弱々しく言った。

「え……？」

亮太も、気になって訊ねた。優子の言い方には、何かしら生徒への思い入れや欲望らしきものが感じられたからだ。

「好きとは違うけれど、私の中には悪魔が棲んでいるの……」

優子が言う。

「可愛い男の子を見ると、どうしても欲しくて欲しくて、自分でもどうしようもないほど変になってくるのよ……」

「……」

「だから、とうとう亮太さんには我慢できなかった……。ごめんなさいね。どうか忘れて。このことが、あなたの将来に悪い影響にならなければいいけれど……」

優子は、上になった亮太をやんわりと押しのけながら言い、身を起こした。

「そんなことないよ。僕が、どうしても優子先生のことを好きで、無理矢理しただけなんだから、気にしないで」

亮太が言ったが、優子はかなり自分の衝動と行為にショックを受けているようだ。

優子はズロースをはき、ノロノロと身繕いし、部屋を出ていってしまった。

亮太もパンツをはき、帯を締め直した。

自分一人、いつまでも母屋の夫婦の寝室にいるわけにいかない。やがて亮太は廊下を窺い、そっと縁側から出て教室に戻り、一度現代へと戻った。

引き戸をくぐり抜けても、まだ身体の隅々には優子との行為の余韻が残り、鼻腔にも悩ましい残り香が甦ってきていた。

現代では、いくらも時間は経っておらず、亮太もまだ眠くなかった。

そこで、買った『わかりやすい昭和史』を読んで知識を仕入れることにした。

まあ、誠太郎が二・二六事件に関わらなかったことは歴史上の事実だ。もう統制派や皇道派のことはいいだろう。

そこで亮太は、河鳥嘉子のことを調べた。

彼女は満州、それもほとんど上海を根城にして暗躍。

昭和二十二年に四十一歳で死刑になるが、その晩年はアヘンにやつれ、彼女の全盛期はほとんど昭和十一年頃までの短いものだった。

ふと昭和十一年の項目に目をやると、その端のほうに、矢部サダ子の事件が載っていた。

（うわ……、ペニスを切って逃走……）

亮太は驚いた。ほんのお芝居とはいえ、数分でも自分の母親のふりをした女性が、翌年には日本中の知るところとなるのである。

本を閉じ、少し迷った。

自室で横になれば眠れるだろうが、まだまだ過去に興味がある。それに優子と一度したとはいえ、あまりに夢中で物足りない感じだった。

まあ、すぐまた優子は無理だろうが、佳代への未練も大きい。

こうした過去との行き来が、今後どんな悪い結果を引き起こすかもしれないのだが、結局、亮太は好奇心に負けて、再び引き戸から昭和十年へと戻ってしまった。

まだ教室はがらんとしている。

しかし、隣の佳代の部屋に人の気配がするので、亮太は訪ねてみた。

「もう、今日の仕事は終わりかい？」

「そうなの」

裁縫をしていたらしい佳代は答え、亮太を部屋に上げてくれた。

「優子先生が、どうも具合が悪いから少し横になるって。だから、もう今日はお仕事はいいって」

どうやら亮太との行為がショックで、話したり動いたりする気にならないのかもしれない。あれだけ感じて昇りつめるところは現代女性と同じだと思ったが、やはり精神的にはかなり違い、あっけらかんとしていることはできないようだった。

誠太郎は遅いだろうし、両親も今日は外で食事して戻るらしい。他の奉公人も家へ帰ったり部屋に籠もって自由な時間を過ごしているのだろう。

「今日は、どうしていたの？」

佳代が言う。

亮太は、ふと佳代が知っているかどうか確かめたくなり、

「河鳥嘉子さんと会っていたんだ」

と言ってみた。

「ええっ……？　うそでしょう」

佳代の反応は、予想以上に激しいものだった。

5

「佳代さん、知ってるの？　河島嘉子さんを」

「知ってるも何も……」

佳代は文机の上にあった雑誌「ヅカファン」を開いた。何と、中に河島嘉子の特集記事と写真が載っているではないか。

宝塚の雑誌だからヅカガールばかりが載っているのだと思ったら、そうではないらしい。なるほど、嘉子は男装の麗人だから、宝塚ファンにとっても憧れのアイドルなのだろう。

記事は嘉子の活躍。満州帝国皇帝夫人を北京から脱出させた時の冒険談がスリリングに描かれていた。

「ほら、こんなに有名な人なのよ。会っただなんて嘘ばっかり言って」

いくら言っても、佳代はとりあってくれなかった。

まあ嘉子の話より、亮太は佳代の方へ気持ちが行ってしまい、それ以上は言わずに彼女に迫っていった。

「なに……？」

身体をくっつけると、佳代は雑誌を閉じ、ためらいがちに繕い中の着物を脇へどかした。

亮太は肩を抱き寄せ、もう片方の手を佳代の頬に当ててこちらを向かせた。

佳代も拒まず、そのまま唇を重ねた。

ぷっくりしたサクランボのような柔らかな唇が密着し、大人の女性とは違う甘酸っぱい果実のような息の匂いが、心地好く亮太の鼻腔をくすぐってきた。

亮太は舌を伸ばし、佳代の唾液に濡れた唇の内側と滑らかな歯並びを舐めた。

今度は、佳代も自分からそろそろと前歯を開いてくれた。

亮太は、さらに濃くかぐわしい芳香の満ちる口の中に舌を差し入れ、甘く濡れた口の中を隅々まで舐め回した。

「ン……」

舌をからませているうち、佳代の全身からぐんにゃりと力が抜けてきた。

亮太は執拗に舌を動かしながら、佳代の裾を割って手を差し入れていった。

吸いつくようにすべすべした内腿を撫で上げ、いちばん奥に指を割り込ませた。

「ク……ンンッ……」

佳代がもがいたが、亮太は唇を離さず、指先で柔らかな若草の感触を確かめながら真下のワレメを探った。

はみ出している陰唇を微妙なタッチでいじっているうち、指先の動きがヌラヌラと滑らかになってきた。

「ああん……！」

とうとう息苦しくなったように佳代が口を離した。

「ね、今日はここ舐めてもいい？」

「また、そんなことを……」

「お願い。ほんの少しでいいから」

「ダメよ、絶対に恥ずかしいもの……」

言いながらも佳代は押し倒され、裾が開いた。亮太が顔を進めると、佳代はいくら必死に両膝を閉じようとしても力が入らないのか、今回は簡単に裾をめくって、無垢な内腿の奥へ達することができた。

佳代もあれから様々に空想を膨らませ、しかも羞恥心や抵抗感以上の好奇心と、快感の芽生えを意識していたのかもしれない。

真下には可愛らしい花びらが、何とも綺麗なピンク色で震えていた。その花びらもうっすらと透明な蜜を宿していた。

指で開くと、まだ処女のホールが入り組んだ襞の奥で息づき、小さなクリトリスもチョコンと覗いていた。

亮太は顔を埋め込み、淡い若草の丘に鼻を押しつけた。

深呼吸すると、生ぬるい熱気と湿り気、それに健康的な甘ったるい汗の匂いが鼻腔に侵入してきた。

（うわーッ、何ていい匂い……）

亮太は感激と興奮に、激しく息を弾ませた。

やはりナマの匂いに触れると、亮太は元気百倍になる。

もちろん優子の匂いとは違うが、この時代の女性はみな自然のままのフェロモンを発散させていた。

真夏でも、外出から戻るたび日に何度も着替えをするわけでもないし、気軽に適温のお湯の出るシャワーなどないのだ。

舌を這わせると、ワレメの外側は若々しい張りと弾力に満ち、内部はタップリの果汁が溢れていた。

亮太は貪るように舐め回し、クリトリスを刺激した。

「あ……、ああん……、ダメ、そんなこと……」

佳代は声を上ずらせ、腰をよじってもがいた。

あまりに暴れるので、とうとう亮太は突き放されてしまい、佳代はゴロリと横向きになった。

亮太は、今度は、佳代の突き出されたお尻の方から顔を埋め、双丘の谷間に鼻を押しつけた。

丸みのあるお尻がひんやりと顔に触れ、ムッチリした弾力が伝わってきた。可憐なピンクのツボミには、やはり優子に感じたような秘めやかな匂いが感じられ、亮太はゾクゾクと高まった。

ツボミにも舌を這わせ、野菊のような襞を舐め、内部にも浅くヌルッと舌を潜り込ませて味わった。

「あん、バカ……！」

佳代はまたお尻を隠して暴れ、その顔を蹴られそうな勢いに、亮太はとうとう顔を離して身を起こした。

佳代はまだ起き上がれずにハアハア息を弾ませ、横になって身体を丸めたまま懸命に乱れた裾を直していた。少しベソをかいているのかもしれない。

さすがに人妻の優子とは違い、無垢な佳代のショックは大きいようだった。

「ごめんよ、大丈夫？　あんまり佳代さんが可愛かったから……」

亮太が顔を覗き込むと、

「あッ……！」

いきなりバシッと頰を叩かれてしまった。

ようやく佳代も半身起こしたが、恥ずかしいことをされたショックに少々のことでは機嫌が直りそうもなかった。

途中までは、受け入れるように力を抜いたのだが、いざ舐められると激しい抵抗感が湧いたのだろう。

「あんなことするなんて、不潔だわ……」

「だから、ごめんよ」

亮太は強引に、再び佳代を抱きすくめた。

「亮太くんなんか、大嫌いよ……」

佳代は言いながらも、それでも突き放すようなことはしなかった。

そしてもう一度、亮太は唇を求めた。

抱き合って舌をからませているうち、佳代も落ち着きを取り戻すだろうと思ったのだ。

しかし、時間が来たようで、隣の教室がザワザワと賑わいはじめた。どうやら塾生たちが集まりはじめてしまったようだ。

「行かないと……」

佳代は立ち上がり、もう一度着物と髪を直し、先に部屋を出ていってしまった。

亮太も、欲望がくすぶったまま、何とか勃起を治めて部屋を出て、隣の教室に行った。

もし優子が来なければ自習か、塾頭の佳代や亮太も手伝って指導しなければならないが、やがて優子が母屋の引き戸から入ってきた。

少し休んで、気を取り直したのだろう。

優子はいつもの透き通った笑顔で皆に接し、やがて授業を開始した。

しかし、あまり亮太の方を見ないので多少、意識しているのだろうか。それでも視界の隅に亮太をとらえているようだ。

まあ、後悔しているのではなく、亮太を見て、再び自身の欲望が湧き上がってくるのを、必死に押さえているふうだった。

やがて一時間半の授業を終え、優子は奥へ戻っていった。

塾生たちは帰り、亮太は佳代と一緒に教室の掃除をした。

そして佳代が母屋へ夕食に行く頃、亮太は引き戸から現代へ戻ろうとした。

「あれ……？」

あれほど馴れていたはずなのに、一度で戻れなかった。

何度か試し、ようやく現代に戻ることはできたが、あるいは時間の通路が狭まりつつあるのかもしれない。

（もう、何度も行き来できなくなるのかもしれないな……）

亮太は思いながら、現代の離れで眠った。

第四章　女たちの好奇心

1

「私びっくりしちゃった。お買い物に行ったら、いきなり河鳥嘉子さんに話しかけられたんだから……」

そう言いつつ、まだ興奮醒めやらぬように頰を紅潮させながら、佳代は亮太に手紙を渡した。

「本当に、知り合いだったのね。河鳥さんと」

「うん」

亮太は封を切って中を見た。

便箋が一枚、「例の部屋にて待つ、よしこ」とだけ書かれていた。

品川の旅館のことだろう。まあ優子の疑いも晴れたし、そのことを話そうと思っていたので、亮太はすぐに立ち上がった。

「じゃ、授業までには帰ってくるからね」

亮太は、まだ何か言いたげな佳代を置いて屋敷を出た。

現代の側では、伯父の平成は一晩の入院だけで、奈緒子と一緒に家に帰ってきていた。

それでも、しばらくは横になって療養するらしい。だから夜も、奈緒子と二人きりになれる機会がなくなってしまった。

そんな取り込み中だし、夏休みも残り少ないから、亮太もそろそろ実家へ帰ろうかと思っていたのだが、あと数日、と奈緒子に引き止められたのだ。

もちろん亮太も、過去の世界に未練があったから、八月末ぎりぎりまで、この南条家に滞在することにした。

しかし、やはり過去へ戻るにも、何度も失敗し、ようやく引き戸を抜けられたのである。

そして今回は、昭和史の本をこっそり懐に入れて過去へ戻った。人に見られると大変なことになるが、昔の東京の地図が掲載されているので便利なのだ。

そろそろ穴が閉じられてしまう。

行き来も、もう一、二度が限界だろうと思った。

亮太は金もないので、品川の旅館まで歩くことにした。まあ、嘉子はしばらく滞在中だろうから、急ぐこともない。

本の地図があるので大通りに出ると迷うこともなく、また憲兵に訊問されることもなく、亮太はようやく着いた。

旅館というより、和風ホテルだ。

そして階段に向かおうとすると、ちょうどパーティでもしていたのか、横の扉が開いて、一人の男性が飛び出してきた。

「馬鹿にしおって。つまらん一般人どもめ！」

独り言を言いながら、足早に出てきたその男と、亮太はぶつかった。

「あ、これはすまん。大丈夫かね」

よろけた亮太を、彼は支えてくれた。

和服の恰幅のいい紳士で、五十前後だろう。

「そこでコーヒーでも飲もうじゃないか」

「いえ、僕は……」

「急ぎかね？　いいじゃないか、ご馳走させてくれたまえ」

男は言い、強引にフロント脇にある喫茶コーナーに亮太を誘った。

まあ、嘉子とは時間の約束をしたわけではない。

それに暑い中を歩いてきて喉も乾いていたし、この男性の顔にどことなく見覚えがあったのだ。

「僕はコーヒー……と、君は？」

席につくと、男性はボーイに言い、亮太を見た。

「サイダーでもいいですか？」

「ああ、いいよ」

言うと男性は頷き、ボーイに注文した。さらに、

「ツケはパーティの主催者に。私は谷咲《たにざき》だ」

と言った。

「も、もしかして、谷咲淳一郎《じゅんいちろう》先生……？」

ボーイが去ってから、亮太は驚いて訊いた。

「え？　私を知ってるのかい？」

「はあ、『隣人の愛』、読みました」

「ほう、そうかい」

淳一郎は嬉しそうに答えながらも、まだ若いのに、と珍しげに亮太の全身を見回した。懐中に本が入っているようなので、まあ読書好きな夏休み中の学生と思ったようだ。

やがてコーヒーとサイダーが運ばれてきた。淳一郎は砂糖を入れて一口飲み、懐から煙草を出して火をつけた。

「いやあ、ある出版社の記念パーティに来ていたのだが、ものわからん奴らばかりでな、出てきてしまった」

「はあ」

「普通、惚れた女の小便ぐらい飲めるよな?」

「もちろんです」

唐突な話に驚いたが、亮太はすぐに頷いた。

「おお！　わかるか。君に話しかけてよかった。そうだ。そういう感情は普通のものなのだ。愛するということは、排泄物も含めて愛せなければ偽りなのだ」

「僕もそう思います。洗ってから舐めるなんてバカです。ナマの匂いを楽しまなけれぱ」

「そのとおり!」

淳一郎は身を乗り出し、テーブル越しに握手を求めてきた。

「キッスをするくせに、距離をおいて垂らされた唾液は飲めんなんてのはバカだ。そんな奴は一生キッスなどせんでよろしい」

「そうです。匂いのするお尻の穴を舐めてこそ恋人なのです」

「うむ、見直した。昨今の学生はバカばかりと思っていたが、君みたいな正常な人間がいるなら安心だ」

「こないだ、彼女の足やお尻を舐めたら叱られました。男子はそんな不浄なところを舐めちゃいけないって。でも女性はみんな女神だから不浄な部分なんてないし、誇りある男子だからこそ、舐めたいし踏まれたりしたいんじゃないですか」

「おお、よく言ってくれた。君、これからパーティに戻るから、バカどもの前で言ってやってくれ」

「い、いいえ、僕は……」

亮太は尻込みした。

「先生、こんなところに……。どうかお席へお戻りください」

そのとき、編集者らしい男が二人、淳一郎を呼びにきてしまった。

「さあ」

両脇から抱えられ、強引に連れ去られていく。

「いやだあ。もっとあの子と話しているんだあ……」

淳一郎はわめきながらも、会場へ戻されてしまった。

その後ろ姿に一礼し、サイダーを飲み干した亮太は喫茶室を出て、今度こそ階段を上っていった。

二階までは覚えているが、部屋番号はうろ覚えだ。

フロントで聞けばよかったと思っていると、そこへちょうど仲居さんが通った。

「あ……、サダ子さん……」

「こちらです」

サダ子は心得たように、亮太を見るとすぐに部屋に案内してくれた。

鍵を開け、中に入れてくれる。

しかし嘉子の姿はない。

「河鳥閣下は、いま急用で軍令部にお出かけです。坊っちゃんがいらしたら、このお部屋で待たせるようにと言いつかりました」

「そう……」

亮太は、ソファにかけた。

しかしサダ子は出ていこうとしない。嘉子が戻るまで、相手をするように言われているのだろうか。

と、いきなり彼女が背後から亮太に迫り、肩に手をかけてきた。

驚いて振り返ると、すぐ近くに顔があった。

「坊っちゃんは、もう閣下に食べられてしまったの？」

囁きとともに熱い息が耳にかかり、化粧の匂いに混じって、ほんのり甘い吐息が感じられた。

「い、いえ……」

「お願い、私がいただいてもいい……？」

サダ子が、目をキラキラさせて身体をくっつけてきた。

どうも亮太は、大人の女性に好かれる星を持っているのかもしれない。

「大丈夫。閣下はまだしばらく帰ってこないわ」

サダ子は亮太の頰にキスして、そのまま手を取り、ベッドの方へと誘った。

サダ子は、さすがに着物は脱がず、それでも馴れた仕草で胸を開いてオッパイを出し、裾を広げてスベスベの脚を露出させた。

2

カバーのかけられたままのベッドの上で、サダ子は横になって亮太を引き寄せた。

亮太も、もちろん嫌ではない。サダ子は実に色っぽく、魅力的な大人の女性なのだ。

「可愛いわ……」

そうサダ子は言い、横になったまま亮太をきつく抱き締め、ピッタリと唇を密着させてきた。

優子とは、また違った口紅の香りがし、甘い吐息も心地好く亮太の鼻腔をくすぐった。すぐにヌルッと舌が潜り込み、亮太はそれに吸いついた。

サダ子は長い舌で亮太の口の中を貪り、激しく舌をからめてきた。

亮太が、美女の唾液と吐息に酔い痴れていると、彼女の手がいきなり浴衣の裾を割って股間に伸びてきた。

パンツの上から強ばりを握り、それだけでサダ子の呼吸が荒くなってきた。

「ま、待って、痛い……」

「そう、ごめんなさい。どうしても欲しくて……」

サダ子も言い、先に亮太の顔を胸に抱き寄せ、乳首を含ませた。

優子ほど巨乳ではないが、やや上向き加減の形よい膨らみだ。

色づいた乳首を含むと、

「ああっ……！」

サダ子が、すぐにも激しく喘ぎ、同時に着物の中から何とも甘ったるい肌の匂いが揺らめいてきた。

亮太も戸惑いから抜け、次第に積極的に吸いつき、もう片方も含んでいく。

「こっちも舐めて……」

サダ子は遠慮なく言い、大きく裾をめくってきた。嘉子が帰るまでのタイムリミットがあるため気が急いて、気分も雰囲気も無視して、とにかく肉体的な快感だけを得たいのだろう。

亮太も身を起こし、仰向けの彼女の股間に移動していった。

きっちり着こなされた和服が乱れ、白い二本の脚がニョッキリ伸びている様子は何とも淫らで艶めかしい眺めだった。

亮太は足首を摑んで、爪先に鼻を当て、ほんのりした匂いを嗅ぎながら舌を這わせようとしたが、

「は、早く……、ここよ……」

サダ子は前戯とか焦らされる刺激など必要ないように、肝心な部分を開いてせがんだ。

亮太も、すぐに白い内腿の間に顔を進めて腹這いになった。

開かれた股間からは、濃く色づいた陰唇がはみ出し、別の生き物のようにネットリとヨダレを垂らしてヒクヒク息づいていた。

小陰唇はかなり大きく、ほぼハート型に広がっていた。

クリトリスも、小指の先ほどもある大きなもので、よく見るとペニスの亀頭に似た形状をして光沢を放っていた。

亮太は、股間に籠もる熱気と大人の体臭に吸い寄せられるようにギュッとサダ子の中心に顔を埋め込んだ。

「あう……！　舐めて！　激しく……！」

サダ子はすぐにも声を上ずらせ、狂おしくガクガクと股間を跳ね上げて悶えた。

黒々と繁った濃い恥毛にも甘い汗の匂いが満ち、亮太は、やはり人それぞれの体臭の違いを味わいながら舌を這わせていった。

溢れる蜜は大量で、最初からワレメ表面までヌルヌルし、酸っぱいような淡い味が舌をヌメらせた。

亮太は指を膣口に突っ込んで天井のコリコリをこすりながら、大きめのクリトリスに吸いついた。

「あぁーッ！　気持ちいいッ！　もっと舐めて……！」

サダ子は、今にも昇りつめそうなほど乱れに乱れ、亮太の顔を挟んだまま激しく身を反り返らせた。よほど性欲が強いのか、日頃から欲望が溜まりに溜まっていたのだろう。

亮太は舌が疲れるまでクリトリスを舐め上げ、弾き、吸いついた。

そして力尽きようとする頃、

「い、いっちゃう……！」

サダ子が口走り、さらに大量の愛液がトロトロと湧き出してきた。

やがて彼女がグッタリすると、ようやく亮太は内腿の締めつけから解放され、指を抜いて身を起こした。

ヌルヌルになった指は湯上がりのようにふやけてシワになり、蠢かして攪拌された愛液は小泡まじりに白っぽく濁っていた。

サダ子は、ろくに余韻も味わわず呼吸を整える暇もなく起き上がり、仰向けにさせた亮太の股間に屈み込んできた。

せわしげに亮太のパンツを脱がせて、勃起しているペニスを摑んだ。

そして真上からパックリと含んできた。

「ああ……!」

いきなり熱く濡れた口腔に包み込まれ、亮太は唐突な快感に喘いだ。

サダ子は喉の奥まで呑み込み、上気した頰をすぼめてチューッと強く吸い、モグモグと貪るように唇を締めつけてきた。

愛撫とかではなく、亮太の快感など関係なく、ただ自分の欲望を満たすために少年のペニスに吸いついているだけのようだった。

熱い息が亮太の下腹をくすぐり、たちまち肉棒全体は熟女の生温かい唾液にどっぷりと浸った。

やがてサダ子の激しい愛撫がやんだ。含んだまま味わう方へと変わったようだ。

根元に軽く歯が当たると、亮太はビクッと震えた。

「あう……、か、嚙まないで……」

亮太は情けない声で言う。

来年、彼女は情夫の首を絞めて殺し、ペニスを切断して持ち去るのだ。

もちろんサダ子は本気で嚙むことはせず、吸いつきながらスポンと引き抜いた。

今度はそのまま彼の股間に潜り込み、陰囊にしゃぶりついてきた。

「く……！」

そこも急所だから、睾丸を吸われ、たまに軽く歯を当てられながら亮太はスリル満点の快感を味わった。

さらに陰囊を舐め尽くすと、サダ子は彼の両足を浮かせて、お尻の谷間にまで舌を這わせてきた。

いつも亮太が女性にすることをされ、チロチロと肛門を舐められながら、亮太は快感に震えた。

唾液に濡れた肛門をキュッキュッと収縮させると、美女の舌のヌメリが伝わってきた。何とも贅沢な快感である。

肛門も陰囊もしゃぶられ、再びサダ子はペニスを含んできた。

また激しい上下運動をしながら髪を乱し、サダ子は音を立てては吸引した。

「い、いきそう……！」

亮太が降参するように声を洩らした。

「ダメよ、もう少し……」

サダ子は、久しぶりらしいペニスを味わい尽くしてから、ゆっくりと上から跨がってくるのだろう。

しかし亮太の方は限界だった。

「も、もう……！」

ジワジワと迫る絶頂の痙攣に、亮太は身をよじって強烈な刺激を避けようとした。

すると、サダ子もようやく口を離してくれ、裾をからげたまま仰向けの亮太の股間を跨いできた。

しかし、そのときである。

「何をやってる！」

声が響いた。

いつの間にかドアが開き、独特の軍服姿の嘉子が立っていた。

「お、お許しください……！」

驚いたサダ子がベッドから飛び降り、手早く着物を直しながら一礼した。

「に、兄さん。僕が誘ったんだよ。あんまり綺麗な人だったから……。だからサダさんを叱らないで」

亮太も乱れた裾を直しながら、ベッドを降りて言うと、

「ああ、別に咎めはしない。亮太も美しいからね、無理はないさ」

嘉子は笑みを浮かべて答えた。

「失礼いたします……」

サダ子が慌てて部屋から出ていくと、嘉子はドアを内側からしっかりとロックして亮太を振り返った。

実際、嘉子は怒っているふうもなく、軍刀を外して上着を脱いだ。

3

「なあに、気にすることはない。あの人はかなり淫乱でね、普段は淑やかなんだが、好みの男を見ると食わなきゃいられなくなるんだ。一種の病気だね」

「あ、あの、優子先生のことだけれど……」

「ああ、そうだったね。どうだった」

「アカではないです。南条中尉が皇道派の中心から外れたのは、確かに彼女がアカという噂によるものですが、それは優子先生の見合い相手の嫉妬による、デマだったんです」

「ふうん」

「そいつは、軍事工場の息子で、伍代英介っていうらしいです」

「ああ、知ってるよ。そうだったのか。あいつなら、そういう陰険なことだってしかねないな」

「だから、もう優子さんを疑わないでくださいね」

「うん、わかった。それにね、僕は明日にも上海に帰ることにした。東京の軍部の派閥よりも、もっと大きな事件が起きそうだからね」

どうやら嘉子は、もう優子には関心がないようで亮太はほっとした。嘉子には、あまり思想とか主義というものはなく、とにかく華々しく、自分が脚光を浴びる事件を追って生きているようだった。

やがて、嘉子はネクタイをゆるめ、ベッドの端に座っている亮太の隣りに腰を下ろしてきた。

「ふうん、モダンなパンツだね」

嘉子は、ベッドの端に置かれたままの、サダ子が脱がせた彼のブリーフを手に取って言った。

しかし亮太が慌てて取り戻そうとする前に、嘉子もすぐ興味をなくしたように床に置き、ネクタイを解いてシュルッと引き抜き、ワイシャツを脱ぎはじめた。

まさか、こんな有名人で、多くの軍人や富豪の彼氏のいる女性が自分などに関心をもつものだろうか、と亮太は思い、少し緊張した。

「そうだよ。これからキミを食べるんだよ」

嘉子は、亮太の心を見透かしたように言い、立ち上がって軍袴を脱いだ。

「これで、いつ日本に帰ってこられるかわからないからね。大陸で死ぬかもしれないから、日本の思い出に、美しくて頭の良い君を肌に記憶させておくのさ」

嘉子は隠すでもなく、たちまち全裸になってしまった。

胸こそあまり大きくないが、やはり感度が良さそうで、ウエストがキュッと締まり、脚が長かった。

全身がバネのようなしなやかさが感じられた。

髪を刈り上げ、きりりとした表情をしていても、肉体は熟れた女のものである。この肉体が、ときには軍刀を片手に乗馬で登場し、あるいはピストルを握ってパラシュートで敵地に躍り込んだのだ。

「さあ、一緒にシャワーを浴びようか」

嘉子は、亮太に帯を解くよう言い、手を引っ張ろうとした。

「ま、待って。僕もお願いが……」

亮太も、素直に帯を解いて浴衣を脱ぎ去り、嘉子と同じ全裸になって言った。

「なんだい?」

「僕も思い出に、兄さんの自然のままの匂いを記憶したいんだ」

「ふうん。汗くさい方がいいのかい?」

「いけない?」

「いいさ。ますます気に入ったよ」

嘉子は言い、バスルームに行くのをやめて、すぐにベッドのカバーを取り去った。

あるいは、嘉子を信奉する男たちの中にも、そうした望みを持つ者がいるのかもしれなかった。

嘉子はどさりと仰向けになった。

「いいよ。ボクを好きにおし」

言われて、亮太もベッドに上り、嘉子の乳首に吸いついていった。

「……」

嘉子は声を洩らさず、手を伸ばして亮太の髪を撫でながら、じっと彼の仕草や表情を眺めていた。

唾液に色づいた乳首が、次第にコリコリと硬くなってきた。

胸の谷間に顔を埋め、うっすらと汗ばんだ肌を舐め、さらに亮太は腋の下にも顔を潜り込ませていった。

ジットリと汗に湿った腋の窪みには、淡い腋毛が濡れて張りついていた。

そして甘ったるい、濃厚な汗の匂いが籠もっていた。この汗が、影の歴史や伝説を作ってきたのだ。

「いい匂い……」

「いい子だね、亮太は……」

嘉子は、亮太のしたいことを何一つ拒まず、しかし肌を震わせたり息を弾ませたりの反応は一切なかった。

自分のイメージを大切に、我慢しているのか、あるいは少年の愛撫などでは感じないのかもしれない。

亮太は両腋とも鼻を埋めて匂いを嗅ぎ、汗ばんだ肌を舐めながら下降していった。

オヘソを舐め、腰から太腿へ下り、足首まで舐め降りていった。

体毛は薄く、脚はスベスベだった。

足の裏を舐め、指の股の湿り気にも鼻を割り込ませるように嗅いだ。

神出鬼没に東西に走りまわっている嘉子の爪先は、やはりドキドキするような匂いが濃かった。

亮太は爪先にしゃぶりつき、両足とも味と匂いを充分に噛み締めてから、ようやく足の内側から股間に向けて舐め上げていった。

嘉子は股を開き、両膝をわずかに立ててじっとしていた。

亮太はその中心に顔を進めていき、張りのある内腿に挟まれながら、とうとうゴールに達した。

恥毛は少女のように淡く、陰唇も綺麗なピンク色だった。

指を当てて左右に開くと、さらにヌメヌメするお肉が丸見えになり、ワレメの下の方にはネットリとした愛液が溜まって、今にもトロリと溢れ出しそうになっていた。

クリトリスは大きめで、股間全体には腋の下以上に濃厚な女臭が渦巻くように満ち満ちていた。

亮太はギュッと顔を埋め、早々と自分の唾液で濡らすのがもったいなく、外側からゆっくりと大切に舐めはじめた。

内部は熱く、嘉子の躍動がドクドクと伝わってくるようだった。

愛液は、サダ子よりも淡い味だが、量は同じぐらい多かった。

柔肉の隅々まで味わい、膣口にも浅く差し入れて蠢かせ、ヌメリをすくい取るようにクリトリスまで舐め上げていった。

「う、ん……」

嘉子が小さく息を詰め、微かにピクッと内腿を緊張させた。

やはり、こんな歴史上のヒロインでも感じる部分は同じなのだ。

亮太は次第に執拗に舌先をクリトリスに集中させ、刺激しながら徐々に彼女の両足を抱え上げていった。

「なに？　こうすればいいのかい？」

嘉子は、自分から脚を浮かせ、両手で抱え込んでくれた。

引き締まったお尻が目の前に迫り、亮太は両の親指でグイッと谷間を開いた。

やはり、ついているものは誰も同じで、嘉子のお尻の谷間にも可憐なピンクのツボミがあった。

鼻を当てると、汗の匂いが大部分だが、優子より佳代より控え目だが、はっきりと生々しい匂いが鼻腔を刺激してくるのを感じた。

亮太は伝説美女の秘めやかな匂いで胸を満たし、舌を這わせた。

震える襞を隅々まで舐め回し、とがらせた舌先を浅くヌルッと押し込み、直腸の粘膜も味わった。

そして充分に舐め尽くしてから、ようやく脚を降ろし、もう一度ワレメとクリトリスを念入りに舐めた。

声は洩れなくても、感じていることは、後から後から溢れてくる新たな愛液の量でわかった。

「いいよ。一つになりたい……」

嘉子が言い、亮太も顔を離し身を起こした。

そのまま股間を進め、先端を押し当てて、亮太はゆっくりと貫いていった。

「あァ……」

嘉子が、初めて声を洩らした。

張り詰めた亀頭がヌルッと呑み込まれると、あとは何とも滑らかに、ヌルヌルッと根元まで自然に吸い込まれていった。

「うわ……、すごく締まる……」

亮太は身を重ね、思わず口走った。

根元まで没したペニスは熱い柔肉にキュッと締め上げられ、さらに奥へ奥へと引っ張られるようだった。

「すごいだろう？　ボクの名器にみんな参るんだ。でもかまわないよ、好きな時にいくんだ。ボクはいつでも合わせられるからね」

と言う嘉子は、すっかり上気した頰をしていた。

亮太は、腰を突き動かしながらジワジワと高まっていた。クチュクチュと淫らに湿った音が響き、嘉子の肌もガクガクと波打ちはじめた。

「あぁッ……、いいわ、すごく感じる……」

とうとう嘉子が女言葉になって、下からシッカリと両手を回してきた。

「亮太。兄さんと呼んで……」

嘉子が口走る。

女言葉になりながら、なおも兄と言い張るところに、嘉子の倒錯の悦びの一端があるようだった。

「に、兄さん、いっちゃう……！」

「きて、いっぱい出して。アアーッツ……！」

亮太が絶頂の快感に貫かれると同時に、嘉子もオルガスムスの痙攣を起こしはじめ、ガクンガクンと彼を乗せたまま反り返った。

亮太は、嘉子の甘い息に包まれながら、ありったけのザーメンを噴出させた……。

4

「さっきね、下で作家の谷咲先生に会ったんだ。兄さん知ってる？」

バスルームで、お互いシャボンにまみれながら亮太は言った。

「名前だけはね。読んだことはないよ。それで？」

「少しの間だったけれど、話で盛り上がっちゃった。好きな人のオシッコを飲むのが普通か異常かとか」

「あははは、亮太はどう思うの」

「うん……」

自分のこととなると、急に恥ずかしくなって亮太は言葉を呑んだ。

「そうか、僕のナマの匂いが好きだと言ったものね。欲しいかい？　ボクの身体から出るものが」

嘉子は、新たな好奇心に目をキラキラさせて言い、湯を浴びて互いのシャボンを洗い流した。

やがて彼女は立ち上がり、片足を上げてバスタブの縁に載せた。

「女の出すところ、見るの初めてかい？　ならばもっと近くへ。ほら、こうすれば中の方までよく見えるだろう」

嘉子はグイッと股間を突き出し、自らの指で、張りのある陰唇をムッチリと広げて見せてくれた。

内部のピンクのお肉が迫り出し、新たな愛液にヌメった膣口の少し上、ポツンとした小さな孔が今は主役のように目立って見えた。

亮太がタイルの床に腰を下ろしたまま前進し、ほとんど嘉子の股の下に行くと、彼女は唇を引き締め、下腹に力を入れはじめた。

あるいは、嘉子の多くの男性遍歴の中には、こうした体験を望んだ者がいたのかもしれない。

それほど嘉子は自然体のまま、亮太のアブノーマルな要求をあっさり叶えてくれた。

「いい？　出るよ……」

嘉子が小さな声で、それでも平然を装うように息をつめて言った。

亮太が緊張して待機していると、間もなく柔肉の中心がヌメヌメと光沢を放ち、ワレメの下からポタポタと液体が滴ってきた。

出だしがゆっくりだったため、内部に溢れた分から滴りはじめ、それがやがて一条の流れとなってきた。

ゆるやかな放物線となった美女のオシッコは、顔を寄せて眺めている亮太の胸を直撃し、ほんのりとした独特の匂いを揺らめかせながら温かく肌を伝い、早くもムクムクと回復しているペニスを心地好く浸してきた。

「ああ……、見ているかい……、もっと近くで、さあ、飲んでごらん……」

嘉子は小刻みに膝を震わせ、息を弾ませて口走った。

亮太は顔を寄せ、流れを舌で受けてみた。

さして味は感じられない。生温かさと淡い匂いが口の中に満ち、抵抗なく飲み込むことができた。

「飲んでるかい……？　美味しいだろう……。アアッ！　いいよ、口をつけて舐めてごらん……！」

嘉子はいつしか両手でシッカリと亮太の頭を押さえつけ、グイグイと股間を突き出してきた。

そのうちオシッコの勢いは弱まり、やがて終わった。

亮太は、ワレメ内部に溜まった分を舐め、すすっているうち、たちまちオシッコの味も匂いも薄れて、ヌルヌルする大量の酸味の方が強く感じられるようになった。

なおも舐めていると、舌先にコリコリと勃起したクリトリスが当たるようになり、亮太も舌先をその突起に集中させはじめた。

「ああ……、気持ちいい……」

嘉子はヒクヒクと下腹を波打たせながら喘ぎ、とうとう立っていられなくなったのか、座り込んできた。

「も、もういいよ。これ以上いくと、今夜歩けなくなっちゃう。外出の用事があるのに……」

嘉子は甘い息を弾ませながら言い、亮太を抱きすくめてきた。

そして今度は自分が行動を起こす番だとばかりに、荒々しく彼の唇を奪い、トロトロと唾液を口移しに注ぎ込みながら、貪るように舌をからませてきた。

亮太がうっとりと力を抜くと、嘉子はそのまま舌を伸ばして彼の鼻の穴まで舐め、鼻筋から瞼、額まで舌を這わせてきた。

顔じゅうがボーイッシュな美女の唾液にまみれ、亮太は唾液と吐息の混じった甘酸っぱい匂いの中で激しく勃起した。

「嬉しいかい？　いい子だね。本当に食べてしまいたいよ……」

嘉子は溜め息まじりに囁き、亮太の顔全体を舐め、ときには軽く頬にキュッと嚙みついたりしてきた。

亮太が、もう飽きるほど嘉子の唾液で喉を潤していると、彼女もそろそろとペニスに触れてきた。

「すごい、もうこんなに硬くなってる……」

嘉子は亮太を立たせ、バスタブの縁に座らせた。彼女はその正面に座り、亮太の両膝の間に顔を進めてきた。

根元に指を添え、ペロッと亀頭を舐め上げてきた。

「あう……」

「ふふ、気持ちいいかい。出していいんだよ。ボクの口に。今度はボクが飲む番だ」

嘉子は言い、何度かキャンディのように舐め上げると、さらに陰嚢を充分におしゃぶりしてきた。

熱い息が股間に籠もり、とうとうスッポリと喉の奥まで含み込んだ。

根元まで呑み込んで、唾液に濡れた口腔をキュッと締めつけた。

熱い息が下腹をくすぐり、内部ではシルク感覚の舌がまんべんなくクチュクチュと蠢いていた。

亮太は、たちまち高まってきた。

何しろ、口に出していいと本人から許可が出ているのだ。そうなれば、もう暴発を堪える必要もなく、遠慮なく昇りつめることができる。

嘉子も、亮太の高まりを察したように顔全体を前後させ、スポスポと唇で摩擦してきた。

締めつける唇が、張り出したカリ首をヌラヌラ往復するのが最高に心地好く、とうとう亮太は嘉子に含まれながらヒクヒクと絶頂快感に貫かれてしまった。

「あ……、出ちゃう……！」

そう口走り、同時にドクンドクンと激しい勢いでザーメンを脈打たせたが、嘉子は唇と舌の愛撫をやめなかった。

亮太がありったけのザーメンを噴出させ続け、口の中がいっぱいになると嘉子はゴクリと喉に流し込んだ。飲み込まれるたび、口腔がキュッと締まり、亮太はダメ押しの快感を得た。

やがて最後の一滴まで絞り出すと、亮太は溜め息をついて力を抜き、嘉子も最後まで完全に飲み干し、チュパッと口を離した。そしてシズクを宿している尿道口に舌を伸ばし、念入りに舐めてくれた。

「美味しかったよ。キミも、よかったかい……？」

嘉子が、チロリと舌なめずりして言い、何とも艶めかしい眼差しで見上げてきた。

5

「さあ、これでお別れだよ。ボクは今夜にも一度松本へ寄り、明朝、大陸へと帰る。お互い、生きていたらまた会おう」

嘉子が、フロントの前で言う。

きっちりと軍服を着て、ほれぼれするような麗しい男装だ。

松本には、彼女の養父の家があるのだ。

もう彼女はチェックアウトもすませ、玄関にはタクシーが待っていた。

嘉子はポケットから写真を出し、万年筆でサラサラとサインをしてから亮太に渡した。今と同じ軍服姿をした、彼女自身のブロマイドだった。

「兄さん。一つだけ約束して……」

「なんだい？」

「アヘンにだけは手を出さないで」

「ああ、わかったよ」

嘉子は言い、他の客が遠巻きに彼女を見ているのもかまわず、亮太の唇にチュッとキスしてから、颯爽と軍靴を鳴らしてタクシーに乗り込んでいった。

「き、君、いまの女性は……」

「あ、谷咲先生」

見送った亮太に、パーティを終えたらしい淳一郎が話しかけてきた。

「ええ、河鳥嘉子閣下ですよ」

「に、兄さんて呼んでなかったか？」

「はあ。そう呼べって」

「さっきから、だいぶ時間も経ったが、部屋で何をしていたのかね？」

「オシッコを飲ませてもらったり」

「うわあ、いいなあ！」

淳一郎は目を輝かせ、地団駄を踏んだ。

「紹介してもらいたかったなあ。もう会わないのかい？」

「ええ、明朝、満州に発って、もう帰ってこないでしょう」

「わあ、残念だあ……」

と、その時、仲居の矢部サダ子がそっと近づき、亮太に耳打ちした。

「よかったら、お部屋でさっきの続きをしない？」

「い、いえ、ごめんなさい。僕もう帰らないと……」

サダ子の誘いは嬉しいし、魅惑的な熟女に未練もあるが、今は嘉子の匂いの残ったまま、彼女の思い出に浸りたい気分だった。まあ、二度のきつい射精で、すっかり満足していたこともある。

「そう、残念ね」

サダ子は、あっさりと奥へ引き上げていった。

「き、君、今の女性でもいい。紹介してくれんかね」

「はあ？」

「明朝には神戸に帰らにゃならんのだ。今夜は予定もなくて、寂しくて寂しくて」

「あの人は、来年男性のペニスをチョン切って有名になる人ですよ。じゃ、家の人が心配しますから、僕これで。先生の作品、楽しみにしてます」

亮太は一礼し、旅館を出て歩きだした。

「そうか、なるほど、来年、ペニスをチョン切るねえ……。確かに、そんな情のこわい顔立ちをしていた……」

淳一郎は腕を組んで独りごちていたが、ふと目を上げた。

「な、なぜ来年なんだ。おい君……！」

淳一郎が呼び止めようとした時は、もう亮太は路地を曲がってしまっていた。

やがて高輪の南条家に戻った亮太は、たちまち佳代につかまってしまった。

「ね、嘉子さんに会ってきたの？」

庭先で、勢い込んで言う。

「うん。でも帰ったよ。今夜は松本、明朝は上海に戻るって」

「そうなの。ゆっくりお話ししたかったなあ……」

「そうだ。これをあげよう」

亮太は、嘉子にもらったサイン入りブロマイドを佳代に渡した。

「わあ、嬉しい……！」

佳代は感激し、写真を胸に押し当てた。

現代に戻れば、多くの嘉子の資料写真も残っているのだ。

このポートレートも有名なポーズで、亮太も本で見た記憶があるから、多く発行されたものだろう。それに、この時代のものを持ち帰ってはいけないような気がしたのだった。

「どうもありがとう。また、あとでお話聞かせて」

佳代はいったん自分の部屋に入り、大切に写真を保管してから、やりかけの仕事をしに母屋の厨房の方へと戻っていった。

まだ夕方の塾の時間まで間がある。

現代に戻りたいところだが、もう出入り口が狭まって、二度と来られないかもしれないのだ。

まあ、あと一度、現代に戻れるという保証もないのだが、亮太はまだ優子への未練が大きかった。

優子と深い関係になれさえすれば、戻れなくたっていい、とまで思えてしまうのも事実だった。

一度思いを叶えたとはいえ、何度肌を重ねようと、親しくなろうとも、優子は結局遠い存在なのだ。それでも亮太は、何度でも優子と身体をくっつけ合い、至福の時を過ごしたかった。

もとより現代においては、ひきこもりの不登校児で、両親との会話も減りつつあり、友人も少なく、それこそ自殺まで考えるほどヤル気のない日々を送っていたのだ。

その点、昭和十年は、まだまだ内地は平和だし、過ごしていて面白かった。先のことが多少わかるというのも、優越感につながって気分がよかった。

（このままでもいいか……）

亮太は思う。

こちらで過ごす時間と比べると、現代の方はほんの少ししか経たないのだ。向こうで、亮太が行方不明になったと騒がれるよりも先に、また出入り口の開くときが来る可能性だってある。

こちらにいると、亮太は自分でも驚くほど楽天的になり、自身の欲望にも忠実になれるのだった。

とにかく、優子だ。

佳代の処女を奪っていないのも心残りではあるが、どうせいつの日か自分が去っていくのであれば、無用に少女を傷つけ、悲しませる必要はない。

まして真面目で思いつめやすい佳代のことだ。処女を散らしたら、結婚しか考えないだろうし、亮太が消えたら、二度と嫁に行かないというほど思いこみ、彼女の人生に大きく関わってしまうことになる。

残る時間は、優子に絞ろう。

そして万一、現代に戻れなかったら、そのときはそのときだ。

「亮太さん」

と、実にタイミングよく、優子が縁側から亮太を呼んできた。

亮太は返事をして、庭を横切り優子の前へ行った。

「上がって」

優子は言い、先に奥へ引っ込んでいった。

誠太郎は、最近は出勤もまちまちで、実に不規則になってきていた。夕方帰宅し、また連絡を受けて出かけることもしばしばだった。それだけ、軍令部では派閥争いで混沌としているのだろう。

さらに、さっき佳代に聞いた話では、小石川に住んでいる誠太郎の弟が婚約をしたというので、誠太郎の両親がそちらに出向いており、今は家の中には奉公人以外は優子しかいないようだった。

優子は、また自分の部屋に亮太を招いて座らせた。

まだ、塾の授業まではかなり時間がある。

「河島嘉子さんと会ってたって、本当?」

正面から、優子が訊いてきた。どうやら興奮した佳代が、優子にも話してしまったのだろう。

「うちの人の軍令部にも出入りしているって聞いていたけど、あの人も、亮太さんも、いったい何を調べているの」

「もうすみました。何の心配も要らないです」

亮太は、優子を安心させるように、笑みを浮かべて言った。

まあ優子なりに、誠太郎の職場のことを心配していたのだろう。佳代あたりなら、嘉子を無条件にヒロイン扱いするだろうが、優子は、嘉子にまつわる暗躍や報道への胡散臭げな雰囲気を読み取っているようだった。

「すんだ、って?」

「優子先生の疑いも晴れましたし、陸軍部内の対立にも、嘉子さんは興味をなくしたようです。明日には、上海に戻ると言ってました」

「そう……」

優子は頷き、唇を湿らせた。

「実はね、もう一つお話があるの」

「はい。なんです?」

「私、妊娠したみたい。亮太さんの子を」

「ええッ……！」

亮太は、優子の言葉に声を上げ、目を丸くした。

第五章　優子と奈緒子

1

「そんな、妊娠だなんて、昨日したばかりでしょう……?」

亮太は、思わず優子の下腹を見た。

もちろん、そこには何の膨らみも認められなかった。

「ううん、私にはわかるの」

「お……、いや、南条中尉の子でしょう」

「違うわ。亮太さんの子なの」

優子は、確信を持っているように言った。

女性は、命中したかどうかがわかるのだろうか。それで昨日、さらにショックに思い、少しの間臥《ふ》せっていたのかもしれない。

「もちろん、そのことで亮太さんにどうしろとも言わないから安心して」

「……」

優子は、それでも言わずにはいられなかったのだろう。

「もう、どこかへ行ってしまうの？」

「はあ、たぶん……」

優子にも、嘉子のように特殊な能力があるのだろうか。わけはわからなくても、亮太が何かしら自分たちとは別の人間であることを見抜いているようだった。

亮太は迫り、そのまま優子の胸に顔を埋めていった。

時間が残り少ない、というより、もう何も考えず、身体が勝手に動いている感じだった。

優子も拒まず、それでもいったん身を離して立ち上がった。

「待って」

彼女は押し入れを開け、敷き布団を一枚敷いた。

亮太も、やはり畳の上より布団の方がよかった。

あらためて、二人で布団の上に乗った。

「亮太さんは、私をどう思っているの」

「それは、優しくて綺麗で、神々しい女神さまだと思ってます」

亮太は、優子を横たえ、添い寝して腕枕してもらいながら答えた。

今日も、ブラウスの腋は甘ったるい芳香が満ちていた。

「とんでもないわ。私は、亮太さんが思っているような女じゃないの」

「じゃ、どんな人なんです？」

「自分でも、信じられないぐらい淫らで、その本性は誰にも見せられないわ」

「でも、普通でしょう。モラル、いや、道徳感や理性以上に快感が好きなんて」

「そうじゃないの。うちの人のことは確かに好きだけれど、私が本当に自分を失うほど好きで欲しいのは、少年なの」

どうやら、それが優子の秘められた性癖だったようだ。男ならロリコンというところだろう。今まで多くの男子生徒に接しながら、優子は自分のそんな欲望や衝動と戦っていたのだろう。

「だから、この塾を開いているのも、心の中では男の子たちと接していたいという気持ちがあるからなのかもしれないわ」

「……」

「だから、亮太さんとあんなことをして、心の中ではとっても嬉しかったの」

「……」

「だから、私……」

「もういいでしょう」

亮太はブラウスの上から手のひらを這わせ、さらにホックを外していった。

もう嘉子の思い出は胸の奥に刻みつけられた。そして次の勃起とともに、今は目の前の優子に専念した。

巨乳を露出させ、色づいた乳首にチュッと吸いついた。

「く……」

優子が小さく呻き、ビクッと肌を強ばらせた。

甘ったるく濃い汗の匂いが鼻腔を満たし、亮太は両の乳首を交互に吸い、充分に舌で転がしてから再び甘えるようにブラウスの内部に潜り込み、優子の腋の下に直接顔を埋め込んだ。

淡い腋毛を舌で探り、汗ばんだ腋の窪みを舐め回しながら、そろそろとスカートの中に手を差し入れていった。

「ああッ……！」

優子が熱く喘ぎ、やがてじっとしていられないように、いきなり上になって唇を重ねてきた。

柔らかな唇が密着すると、うっすらと口紅やお化粧の香りに混じって、優子本来の甘い息の匂いが混じり、さらに唇で乾いた唾液の匂いもほんのり甘酸っぱく感じられた。

亮太は仰向けのまま、狂おしく積極的になった優子に身を任せた。

優子は激しく唇を押しつけ、密着したまま右に左に顔を傾けるので唇がこすれ合いめくれた部分のヌメリが亮太の口の周りまで濡らした。

やがて舌が潜り込み、亮太の口の中で隅々まで蠢いた。

「美味しい。もっと出して……」

少し押しつける力がゆるんだとき、亮太は唇を重ねたまま囁いた。嘉子がしてくれたように、優子の唾液も飽きるほど飲み干したかった。

優子は、最初なんのことかわからなかったようだが、やがて察したように、ほんの少しだけ口移しにクチュッと唾液を注ぎ込んでくれた。

生温かく、トロリとしたシロップが亮太の舌を濡らした。弾ける小泡にも優子の匂いが含まれているようで、大切に味わってから飲み込むと、甘美な悦びと興奮が全身に広がっていった。

「もっと、いっぱい……」

なおもせがむと、優子はさっきよりも大量に口に溜めてから、トロトロと垂らし込んでくれた。

亮太は美酒に酔い痴れ、優子の大量の唾液で喉を潤した。味よりも感触よりも、優子が何でも言うとおりにしてくれることが嬉しかった。

さらに優子は、亮太の口から鼻まで舐め上げ、顔じゅうに狂おしくキスの雨を降らせてきた。

亮太は、甘い匂いと心地好いヌメリに包まれて、激しく高まった。

優子は彼の耳まで噛んで、首筋を這い下り、浴衣の胸元を開いて両の乳首にも吸いついてきた。

「ああ……、気持ちいい……」

亮太は、すっかり受け身になって喘いだ。

優子は亮太の乳首や肌を舐め、噛み、痕がつくほど強く吸いつきながら徐々に下降していった。

ブリーフが脱がされ、屹立したペニスが露出した。

優子はためらいなく屈み込み、今度は激しく亀頭を舐め回しはじめた。

「あう……！」

亮太は身を反らせ、優子の舌の感触に全神経を集中させた。

優子はスッポリと含み、熱い息を弾ませながら貪るようにおしゃぶりをした。

喉の奥まで含まれると、まるで身体中が天女の口の中に呑み込まれていくようだった。

たちまちペニス全体が優子の熱く清らかな唾液にまみれ、溢れた分は陰嚢にもベットリと流れた。

優子は喘ぎながら、お行儀悪くチュパチュパと音を立ててペニスを吸い、陰嚢まで舐め回し、何度も亀頭を舌で弾いた。

「ゆ、優子先生……、ダメだよ、出ちゃう……」

「いいわ、出しても。飲みたいの、いっぱい飲ませて……」

亮太の股間で熱く口走り、再び深々と含んできた。

「こ、こっちへ……」

亮太は、せめて優子のワレメも舐めたいと、彼女の下半身を引き寄せた。

そしてスカートをめくり、仰向けのまま苦労してズロースを脱がせた。

「跨いで……」

下半身を丸出しにさせてから抱き寄せると、優子もペニスを含みながら反転し、ゆっくりと亮太の顔に上から跨がってきた。

白くムッチリした太腿が顔の左右に来て、真ん中の熟れた果肉が顔に迫ってきた。

何という艶めかしい眺めだろう。

しかも女上位のシックスナインになったため、含まれている亀頭の上面に、優子の舌の表面が触れ、舌先が舐め上げるたびに張り出したカリ首が刺激された。

彼女の熱い息は、唾液にヌメった陰嚢に吹きつけられ、口をモグモグするたびに、亮太の鼻先にあるワレメと肛門もヒクヒクと悩ましく収縮した。

2

亮太は、ペニスへの刺激を紛わらすように優子の腰を抱き寄せ、伸び上がるように顔を埋め込んだ。

はみ出した陰唇は溢れた蜜にヌラヌラと潤い、奥のお肉も悩ましく息づいていた。

亮太は口をつけ、恥毛に籠もった生のフェロモンで鼻腔を満たしながら、激しく内部に舌を這わせた。

うっすらとした酸味のある粘液が後から後から溢れ、亮太は陰唇の内側から膣口まで念入りに舐め回し、クリトリスも小刻みに舌で弾いた。

「ウ……、ンンッ……！」

含みながら優子が呻き、反射的にチューッと強く亀頭に吸いついてきた。

さらに亮太は顔を上げて、大きな双丘の谷間に息づく、綺麗なピンクの肛門にも鼻を押し当てた。

今日はチリ紙の付着はないが、それでも谷間の汗の匂いに混じって、ほんのりと秘めやかで刺激的な匂いが生々しく感じられた。

亮太は優子の匂いを吸収し、必死に舌を伸ばしてヒダの隅々まで舐め、内部にも差し入れてヌルッとした粘膜を味わった。

やがて長く首を起こしているのに疲れると、亮太は肛門から離れ、いちばん下にあるクリトリスに吸いついた。

そして唾液にヌメった肛門に人差し指を押し当てた。

拒まれたらやめようと思いつつ、ゆっくりと押し込んでいるうち、いつしか根元までヌルヌルッと滑らかに呑み込まれてしまった。指の付け根がキュッと締められ、痺れるほどきついが、内部はまた膣とは違った温もりと感触をしていた。

さらに親指を膣口にズブッと押し込み、二本の指で前後の穴を塞ぎ、間のお肉をキュッキュッとつまんだ。

まるで大きな柔肉のボーリングの玉にでも指を入れているようだ。間のお肉は案外薄く、それぞれ互いの指の動きがよく伝わってきた。

なおもクリトリスを舐め、優子の三カ所を愛撫し続けた。

「ム……ウウッ……!」

優子は熱く呻きながら、快感に負けまいと顔を上下させ、スポスポと激しく唇で摩擦しはじめた。

とうとう亮太の方が先に限界に達した。

何しろ、憧れの女神さまにしゃぶられているのだ。その強烈で濃厚な愛撫と、精神的な感激が絶頂を早めた。

「ああっ……、もう……」

亮太は口走り、ワレメから口を離して二本の指も引き抜き、ひたすら受け身の快感に没頭した。

たちまち宙に舞うような快感の荒波が押し寄せ、亮太の全身を巻き込んでいった。

「い、いく……!」

喘ぎながら、亮太はガクガクと身悶えた。

さらに、優子の内部に入れていた人差し指を嗅ぐと、ゾクゾクと胸の震える悩ましい匂いに快感が倍加した。同時に、ありったけのザーメンが勢いよく噴出し、優子の喉の奥を直撃した。

「ンン……」

優子は小さく鼻を鳴らし、口の中いっぱいに脈打つザーメンを舌で味わい、少しずつゴクリと飲み込んでいった。

(ああ……、優子先生の中に入っていく……)

飲み込まれるたび亀頭が舌と口蓋に挟まれ、亮太は感激にビクンと震え、最後の一滴まで美女の口に放出した。

やがて優子は最後まで飲み干し、ようやく口を離してくれた。

それでもなお、両手でペニスを包み込むように支え、尿道口のヌメリを舌で拭い取っていた。まるで雌豹が獲物の骨片を前足で押さえ、先端をかじっているかのようだ。

「ゆ、優子先生、もう……」

亮太は、射精直後の亀頭を刺激され、過敏に反応して身をよじりながら降参した。

しかし優子は舌の動きを止めなかった。

「い、痛いよ……、先生……」

「ダメ、じっとしてて」

優子は執拗にしゃぶり続け、亮太の顔から股間を離して反転し、元の位置に戻った。

おとなしく控え目な優子が、強引にしゃぶりつく様子に、亮太はまたたて続けにモヤモヤとした気分になってきてしまった。そして萎える暇もなく、唾液にまみれたペニスが徐々に感じはじめた。

こんな短時間に、続けてその気になるのは初めてだった。

ペニスがある程度の硬度を取り戻すと、ようやく優子が口を離して身を起こし、すぐに亮太の股間に跨がってきた。

自ら幹に指を添えて膣口にあてがい、ゆっくりとペニスを呑み込みながら腰を落としてくる。

「ああ……、いい気持ち……」

優子が完全に座り込んで言い、ペニスは熱く濡れた柔肉の内部で、キュッと締めつけられた。

そのまま優子は亮太の胸に両手を突いて腰を上下させ、亮太も次第に興奮を高めて下から手を伸ばし、揺れる巨乳を両手で揉んだ。

溢れる愛液が陰嚢をベットリとヌメらせ、亮太の内腿を伝って、布団にまでシミを作りはじめていた。

「いいわ、すごい……」

優子の喘ぎは激しくなり、声が上ずってきた。

やがて身体を倒して重ね、股間をこすりつけるように動かしながら、優子は何度も上から亮太に唇を重ねてきた。

もう、亮太もすっかり優子の内部で愛液にまみれながら、最大限に回復していた。

「突いて、下からも……」

優子が、唾液の糸で互いの口を結びながら、熱く甘い息で囁いた。

亮太も股間を突き上げ、優子のリズムに合わせて動いた。

「アアッ……！　い、いく……」

優子は大きく洩れそうな声を必死で抑えながら、狂おしく股間を動かした。

二人が股間をぶつけ合うたびに、クチュクチュと湿った音が響き、たちまち優子が本格的なオルガスムスの痙攣を起こした。

「あう……、気持ちいい……」

優子は動きを止めて全身を硬直させ、亮太の耳に口を押し当てながら、湧き上がる快感を受け止めた。

亮太は、射精したばかりなので、かろうじて勃起は保っているものの達することはなかった。だから逆に、硬いままのペニスの状態が続き、とことん優子を果てさせることができたようだ。

優子は波が治まると、グッタリと力を抜いて亮太に体重を預けてきた。

亮太は重みと甘い匂いを受け止めながら、まだ締めつけている柔肉の感触を記憶に刻みつけた。

「ねえ、一緒にお風呂入れる？」

亮太は、そっと囁いてみた。

嘉子のように、優子のオシッコも肌や舌で感じてみたかったのだ。

「無理よ……」

優子は、小さく答えた。確かに、家人は留守でも、何人かの奉公人がいる。この部屋にいる限り勝手に入ってくることはないが、風呂場は、彼女たちのテリトリーである厨房のすぐ隣りだ。

「そうだね……」

亮太が答えると、やがてジックリと余韻を味わった優子が、満足げにノロノロと身を離した。

そしてズロースをはき、乱れたブラウスと髪を直した。

亮太もパンツをはき、身繕いして立ち上がった。

「もう会えないのね。どこへ帰るの」

優子が、座ったまま訊く。

「平成へ」

「佳代も言っていたけど、それはどこなの」

「ずっと、遠いところ」

「どんな字を書くの」

「平和の達成」

「そう。平成、いい名前だわ……」

優子は、下腹を撫でながら言った。

亮太は、ドキリとした。伯父の平成は、亮太の子かもしれないのだ。

3

亮太は、様々な思いを胸に抱いたまま、一人でこっそりと塾の教室に入った。

まだ授業の時間まで少し間がある。

もう佳代の顔も見ないで帰ることにした。

母屋への引き戸に手をかける。

気を込めて開けたが、ホーキが下がっている。

まだ昭和十年だ。

閉め、もう一度試してみる。まだ戻れない。

（もう、永遠に出入口は閉ざされてしまったのかな……）

ふと不安が過《よぎ》るが、それだったら優子にすべてを話して、居候にしてもらおう。

それでも、何回目かに、ようやくホーキの下がっていない、平成の母屋が霞んで見えてきた。

かろうじて、くぐり抜けられるようだ。

だが、恐らくこれが最後のチャンスとなるだろう。

亮太は中に入った。一瞬、意識が朦朧となったが、気がつくと何とか現代の母屋の廊下に座り込んでいた。

ノロノロと顔を上げると、開いている引き戸の向こうには自分が泊まっている客間が見える。

（帰れたか……。でも、もう二度と昭和十年には戻れそうもないな……）

こちらは早朝らしい。東の空が、少しずつ明るくなりかけている。

亮太は立ち上がり、客間へ入って寝ようとした。伯母の奈緒子が起きだし、朝食の支度をするまでは、少しぐらい眠れるだろう。

しかし、そのとき、亮太は大変なことに気がついた。

（し、しまった……！　ない……）

懐へ入れておいた現代の本『よくわかる昭和史』を落としてきてしまった。

どこだ。教室か、佳代の部屋か、あるいは旅館か優子の寝室か……。

(た、大変だ……!)

亮太は母屋の廊下側から、いったん引き戸を閉めた。

そして本を取り戻しに、もう一度、昭和十年に戻ろうとした。

が、もういくら気を込め、引き戸を開けても、そこは現代の客間だった。汗だくになり、ヘトヘトになるまで試してみたが、もう戻ることはできなくなっていた。

「何をしているの」

背後から、いきなり声がし、亮太はビクッと振り返った。

優子、いや、よく似た伯母の奈緒子が立っている。

ネグリジェ姿だ。

伯父の平成はまだ寝ているようだ。

「い、いえ……」

「何か、探し物?」

「いいんです……」

「ちょっと来て。手伝ってほしいの」

奈緒子が言い、やがて縁側からサンダルを突っかけ、庭に出た。

何だろうと怪訝に思いながら、亮太も庭に出た。白々と夜が明けはじめているが、樹々に囲まれている庭は薄暗かった。

「ここ。甕《かめ》があるでしょう。それをどかして」

奈緒子が、母屋の縁の下を指して言った。

「はあ……」

どうして早朝に、こんなことをさせるのかわからないまま、亮太は言われたとおり古びた甕を縁の下から出した。

「その下を掘って。そこにシャベルがあるでしょう」

言われて、亮太は小さなシャベルで甕が置かれていた湿った土を掘りはじめた。

やがて掘り下げていくと、何かが出てきた。

「それよ。出して」

奈緒子が言い、亮太が苦労して掘り出すと、それは新聞紙の包みだった。

やがて亮太は庭の隅にある水道で手を洗い、奈緒子と一緒に包みを持って客間に戻った。

「開けて」

「ええ……」

相当年代を感じさせる古新聞の包みを開けて、亮太は驚いた。

「あッ……！　どうして……」

「それを探していたんでしょう？」

奈緒子が言う。

中に入っていたのは、『よくわかる昭和史』の本だ。しかも、つい先日買った本なのに、もう五十年以上経っているように、ボロボロになっていた。

「どうして、この本が埋まっていることをおばさんが知ってたの」

「私が埋めたの。昭和十年に」

「だ、だから、どうして……？」

亮太は、わけがわからなかった。

「まだわからないの？　亮太さん。私が優子なのよ」

奈緒子が、じっと亮太を見つめて言った。

「そ、そんな……、優子先生と、奈緒子おばさんが、同一人物……？」

亮太は混乱し、過去に戻った時以上に夢でも見ている気分になった。

十前後だろう。奈緒子が優子のはずはない。優子は昭和十年に二十代半ば。奈緒子は、いま四

「部屋に落ちているこの本を見つけて、一度見ただけで、これは、私が見てはいけない本だと思ったわ。恐くなって焼いてしまおうかとも思ったけど、できずに、縁の下に埋めておいたの」

「……」

奈緒子が話しているのは、昭和十年のことだ。

「あれから、思ったとおり私は妊娠し、翌年に生まれた子に平成《ひらなり》と名づけたわ。そしてたまに亮太さんのことを思い出しながら、毎日を過ごしていた。二月には青年将校の反乱があったけど、主人は連座せずにすんだの。そして二十年三月の空襲で」

「ど、どうなったの……」

亮太は脂汗を滲ませて、奈緒子か優子かわからない、この美女に訊いた。

「焼夷弾が落ちて、教室が燃えはじめたの。一家で消火して、母屋への延焼は免れたけど、私は佳代が心配で、思わず母屋の廊下を走って、この引き戸から、燃えている教室へ飛び込んだわ」

「……」

「なのに、そこには教室がなかった。空襲もなく、静かな夜の庭に、私は飛び出していたの」

「じ、時間の裂け目が生じていたんだ……」

「そのようだわ。振り返ると、見覚えのある母屋があったけど、教室も女中部屋もなく、広い庭があるだけだった。あとでわかったことだけど、そこは、まだこの客間が増築される前の、平成七年」

それで、空襲の後に優子の死体が見つからなかったのだ。何しろ教室が燃えている最中、優子は現代へと飛ばされていたのだから。

「私はわけがわからず、寝静まっている母屋を訪ねることもせずに外へ出たわ。空襲もなく、多くのビルが建っている景色に混乱して、結局途中で気を失って、三田の病院に収容されたの」

確かに、過去へ戻ろうにも、客間が増築されていない時期は、引き戸も外から釘づけされていただろう。まして明治末か大正初め生まれの優子に、タイムスリップなどの知識はなく、仮にあったにしても空襲の最中に戻る気はしないだろう。

「病院では、記憶喪失ということになったけど、看護婦さんにいろいろ聞いて、昭和が六十四年の一月で終わったことを知ったの。さらにそのときが平成七年であることを聞き、知識を仕入れたわ」

「そうだったの……」

「奈緒子というのは、世話になった看護婦さんの名前をもらったの。やがて記憶が回復しないということにしたまま、私は退院して、人を介して南条家のお手伝い募集に応じたけど、すぐに見込まれて平成さんと結婚」

確かに、平成にしてみれば亡き母の面影を持つ奈緒子に一目で惹かれたのだろう。

腕利き刑事だった平成は、当時五十九歳の男やもめだ。もうとうに諦めていたところに奈緒子の登場。もっとも三十五歳の奈緒子が承知したからこそ、実現した結婚なのだろうが。

「ちょ、ちょっと待って……！　じゃ、自分の息子と結婚……？」

「そうよ。異常でしょう？」

奈緒子は、クスクス笑った。

五十九歳の息子と結婚した、三十五歳の母親。

「子育ての大切な時期に私がいなかったことの償い。せめて老後は、私が見ようと思ったの」

「うーん……、ちょっと頭を整理しないと……」

「それに、本来の夫である誠太郎の死に目にも会えたから幸せなの。誠太郎も、たまに不思議そうな目で私を見ていたわ」

「そうだろうね……」

「私は、この五年間で、もうすっかり平成の時代に順応するようになったわ。運転免許も取ったし、ただ、やはり母子なので子供はできないわ」

「そう……」

「私が嫁いで間もなく、この客間が増築されて、また引き戸が開け閉めできるようになったけど、私は戻りたくなかった。あの時代には。幼い平成には、多くの奉公人や乳母たちがいたし……」

奈緒子、いや優子は淡々と語った。

「客間ができて間もなく、亮太さんがご両親に連れられて泊まりにきたわね。亮太という名前を聞いて、私は、やっと会えた嬉しさに、悪戯してしまったわ」

あの、五年生のときだ。

「そしてこの夏、あなたが過去へ戻ることも知っていた。覗けるものなら、たまに一緒に戻ってみたい気もしたけれど、やはり恐かったわ」

「何だか、夢を見ているみたいだ……」

亮太は、頭がぼうっとなってきた。

「ね、一緒に寝て……」

多くの体験の疲れか、亮太は眠くなってきた。

「いいわ」

奈緒子は添い寝し、腕枕してくれた。

彼女の甘い匂いに包まれながら、たちまち亮太は深い眠りに落ちていった……。

4

(優子先生……)

目が覚めると、もう隣りには奈緒子の姿はなかった。

陽が高い。腕時計を見ると、もう午前十時を回っていた。

母屋の食堂に行くと、奈緒子と、伯父の平成もう起きていた。

「おじさん、もういいの？」

「ああ、長年鍛えてあるからな、そう休んじゃいられない。今日から仕事に出るよ」

「大丈夫なの？」

「うん、主任に頼んで、しばらくはデスクワークにしてもらうさ」

この、気さくで逞しい伯父が、自分の息子とはとても思えなかった。親とか子とかいう感覚がわからず、まったく実感が湧かないのだ。

いや、すべては長い夢だったのだろうか。過去へ戻ったという証拠など、何一つないのだ。買ったばかりの本が古びていても、人は信じないだろう。

やがて平成が、遅めの出勤をしていった。

「あの人が、亮太さんの息子なのよ。逞しい遺伝子は、ちゃんとあなたの中にあるの」

奈緒子が言う。

「そ、そうなのかなあ……」

「そうよ。だから自信を持って」

確かに、ひきこもりや不登校などで甘えていてはいけないのかもしれない。

「本当に残念だわ。亮太さんに兄弟がいなくて。事情を知らない平成さんも、すごく亮太さんを気に入って養子にもらえないかって、何度も」

「そう……」

自分の息子の息子になる。しかもその母親である、憧れの人が母になる。それも心ときめく状況だ。

できることなら、それを実現させたいが、まず一人息子だから無理であろう。

やがて亮太も顔を洗い、遅い朝食を済ませて、茶の間で古いアルバムを見た。

「佳代さん、空襲のときは大丈夫だったの？」

「ええ、部屋が焼ける前に井戸端の方へ避難していたらしいわ」

奈緒子が片づけものをしながら答える。

やはり彼女も気になり、それとなく誠太郎に聞いたのだろう。

「でも、そのあと地方に疎開させて、あとは終戦の混乱の中でそれっきりだったようね」

誠太郎は、終戦時には大佐だったが極東裁判にもひっかからず、すぐに自衛隊の前身である保安隊、警察予備隊に入ったようだ。

やがて誠太郎の両親も相次いで死んだ。彼が再婚したのは戦後のずっとあとで、その頃は平成も成長していたので分別もあり、新しい母も快く迎えたのだろう。

そして亮太の母が産まれることになる。

「でも、昭和二十年から平成七年というと、一気に五十年も飛び越えちゃって、よく気持ちの切り替えができたね。僕みたいに行き来したわけじゃないのに」

亮太は言った。自分と違い、過去から未来に行く場合は予備知識がなく、かなり大変だろう。

「知らないことばかりだったわ。でも、空襲の相次ぐ時代よりは、まだ」

なるほど、息子の平成を置いてきた気がかりはあるものの、現代は確かに便利で住みやすい、五十年前からしてみれば夢のような世界に違いない。

それに、もともと自由を愛する進歩的な考えを持っていた優子だから、この五年間ですっかり順応してきたようだ。

ましてや自分がかつて嫁いだのと同じ屋敷に嫁いだのだから、勝手は知っているし、ただの嫁以上に、誠太郎や平成への愛情は深く、よく尽くしてきたのだろう。

前のように姑はいないし、舅である誠太郎だってかつての夫だから、そう厄介ではなかったのだ。

何とも不思議なめぐり合わせを思い、亮太はセピア色の佳代の笑顔を眺めてから、古いアルバムを閉じた。

しかし得たものは多い。

多くの人と出会ったこともそうだが、やはり一番は、自分には男らしい誠太郎や平成と同じ遺伝子があるということだ。

それが亮太を元気にさせた。

「僕、そろそろ家に帰らないと」

亮太は言った。

夏休みも残り少ないし、宿題も終えていない。ちゃんと完成させて、新学期からしっかりと登校しようと思った。

「そう、いつ？」

「明日にも」

「わかったわ。でも、また冬休みにも来てね」

「うん。必ず」

やがて亮太は奈緒子に迫って、豊かな胸に顔を埋めた。

確かに、この匂いは優子のものだ。ただ、あの時代の方が濃かったので、まして年齢も違い、とても同じ人だとは思わなかったのである。

ノースリーブの上から巨乳を揉み、そのまま腋の下に鼻を割り込ませた。

スベスベの腋がしっとりと汗に湿り、甘ったるいいい匂いが鼻腔をくすぐった。

「ここは、剃っちゃったんだね」

「そうよ。昔とは違うもの」

「あったほうが色っぽいのに」

「そう。じゃ冬には自然のままにしておくわ」

奈緒子は答え、優しく亮太の髪を撫でた。

亮太はノースリーブのホックを外し、さらにブラを取り去って巨乳を露出させた。

もう優子に会えないと思っていたから、奈緒子が優子だと知り、亮太は嬉しくて仕方がなかった。

乳首に吸いつき、淡い体臭を感じながら舌で転がした。

「ま、待って……、お部屋に……」

奈緒子が言い、やんわりと亮太の顔を突き放した。

確かに、縁側を開けっ放しの茶の間では気分が出ないだろう。しかも続きの仏間には誠太郎の遺影が飾ってあるのだ。

それよりは、クーラーのある寝室か客間の方がいいだろう。

奈緒子は、まだ亮太の布団が敷きっぱなしになっている客間に行った。本来この場所には、彼女が教えていた塾の教室があったのだ。

亮太は、あらためて浴衣を脱ぎ、奈緒子の服も取り去った。

昨日は、嘉子に優子と多くの濃い行為を繰り返したが、眠りから覚めれば、もうすっかり欲望も精力も回復していた。

互いに下着も取り去って、亮太は仰向けにした奈緒子にのしかかっていった。

手のひらに余るほど豊かなオッパイに手のひらを這わせながら、ピッタリと唇を重ね、舌を潜り込ませた。

甘くかぐわしい息が、熱気と湿り気を伴って鼻腔を満たし、温かな唾液に柔らかく濡れた舌がからみ合ってきた。

亮太は美女の口の中を隅々まで舐め回し、やがて髪に鼻を埋めて嗅ぎながら、首筋を這い降りて、再びオッパイに舌を這わせていった。

両の乳首を交互に吸い、舌で転がし、軽く歯を立ててコリコリ刺激しながら、滑らかな内腿を撫で上げていくと、

「ああん……！」

奈緒子も、たちまち本格的に熱く喘ぎはじめた。

5

「そ、そこはダメ……、どうしてそこが好きなの……」

足首を摑み、爪先をしゃぶると、奈緒子がビクッと足を震わせて言った。

やはり本来は昔の女性である奈緒子は、感じてしまいながらも、男子が足など舐めることには抵抗があるようだった。

もちろん亮太は聞かず、両足ともジックリと愛撫し、汗と脂に湿った指の股を心ゆくまで嗅ぎ、舐め尽くした。

そのままムッチリとした肉づきのいい脚を舐め上げ、とうとう奈緒子の中心に達した。

黒々とした恥毛に鼻を埋め、胸いっぱいに熟女のフェロモンを吸い込んだ。

「いい匂い……」

「イヤ、黙って……」

「でも、昔の方が匂いが濃かったよ。それにワレメやお尻の穴に、少しチリ紙がついていることもあったし」

「ああッ！　い、いじわるね……」

奈緒子はクネクネと身悶え、過去と現在の快感を両方味わっているようだった。

亮太は恥毛に鼻を埋め、昔よりも淡い匂いだが、ナマの汗の匂いで鼻腔を満たし、濡れたワレメに舌を這わせていった。

うっすらとした酸味の愛液を舐め取り、クリトリスをチロチロ舌先で弾くと、

「アア……、気持ちいい……。お願い、私も……」

奈緒子が喘ぎながら、亮太の下半身を求めてきた。

亮太は舐めながら反転し、シックスナインの体勢で横になった。

お互いに横向きで向き合い、相手の内腿を枕に、股間に顔を埋めた。

奈緒子の匂いに包まれながら、必死に舌を動かしてクリトリスを舐め、愛液をすすっている亮太のペニスも、パクッと美女の口に含まれた。

互いの熱い息がそれぞれの股間に籠もり、二人同時に快感が高まってきた。

奈緒子も夢中になってペニスを頬張り、陰嚢や内腿にも指を這わせ、音を立てて吸いつき続けた。

亮太は伸び上がって、奈緒子の肛門にも鼻を埋めた。

さすがに現代の奈緒子のそこには生々しい匂いはなく、微かに汗の匂いが感じられるだけだった。

細かな襞を舐め回し、内部にもヌルッと舌を押し込みながら、指で陰唇や膣口をいじった。

やがて亮太が高まり、降参しようとすると、

「ああっ！　もうダメ、お願い、きて……」

一足先に奈緒子の方が、ペニスから口を離して求めてきた。

ようやく亮太も顔を上げ、体勢を入れ替えた。

「ね、上になって……」

奈緒子が言い、仰向けになって膝を開いた。

亮太は、正常位で身を進め、ゆっくりと貫いていった。張り詰めた亀頭がヌルッと潜り込み、一気に根元まで入った。

「あう……！」

奈緒子がビクッと顔をのけぞらせ、汗ばんだ白い首筋を伸ばした。

深々と挿入し、亮太も熱いほどの温もりを感じながら身を重ねていった。

内部は、ヌルヌルする最高の感触だ。二十五歳の優子より、四十になった奈緒

子の方が温もりも感触も熟れて、亮太は気持ちいいと思うほどだった。

やがてズンズンと腰を突き動かし、奈緒子の濡れた膣口の摩擦快感を味わった。

「い、いいわ……、すごく、いい気持ちよ……」

奈緒子も下から股間を突き上げて、熱く甘い息を弾ませた。

亮太の胸の下で、巨乳が悩ましく弾み、さらに濃く甘ったるい匂いがたち昇った。

「まだ我慢して。いかないで……」

と、奈緒子が言い、亮太は動きを止めて言った。

「お願い……。お尻に入れてみたい……」

亮太は思いきって言ってみた。

前から、この美しい熟女の、最後に残った魅惑的な処女の部分を犯したいと思っていたのだ。

奈緒子は答えないが、とにかく動きを止め、亮太はゆっくりと引き抜きながら彼女の両足を抱え上げた。

お尻の谷間も開かれ、肛門まで丸見えになった。そこはさっき舐めた唾液と、上から滴った愛液に充分ヌメっていた。

ペニスも、すっかり愛液にまみれ、亀頭はヌルヌルになっている。

亮太も初体験に緊張し、先端を肛門に押し当てた。彼女も、目を閉じて初めての感覚に息を震わせていた。

そのまま、ゆっくりと力を込めて押し込んでいった。

「く……！」

奈緒子が眉をひそめ、奥歯を嚙み締めて小さく呻いた。

ツボミが丸く押し広がり、襞がぴんと伸びきって今にもピリッと裂けそうなほど光沢をもって張り詰めた。

それでもいちばん太いカリ首までがヌルッと入ってしまうと、あとはズブズブと比較的スムーズに潜り込んでいった。

「ああ……、入ってくるわ……」

「大丈夫？　痛くない？」

「平気よ。いちばん奥まできて……」

初体験にすっかり興奮した奈緒子が、うっすらと脂汗を滲ませて言い、亮太も完全に根元まで押し込み、彼女の最後の処女の部分を征服した。

やはり内部は、膣とはぜんぜん違った感触だった。温もりも膣内ほどではないが、入口付近はさすがにキュッと締まりがよかった。

亮太は、初めての感覚をじっくり味わってから、やがてそろそろと腰を突き動かしはじめた。

「あう……」

奈緒子が顔をしかめて呻く。

しかし痛いばかりではなく、彼女も違和感の奥にある快感と興奮を受け止めているように肛門を収縮させた。

次第に亮太は動きが滑らかになり、奈緒子の方も括約筋の緩急のつけ方と呼吸に馴れてきたようだった。

引くときはペニスが引っ張られる感じがし、ヌルッと深く押し込むと、奈緒子の豊かなお尻の丸みが亮太の下腹部に密着して弾み、何とも心地好かった。

「いきそう……」

亮太も次第に快感が高まってきた。

「いいわ、いっぱい出しちゃって……」

奈緒子が言う。

亮太はフィニッシュに向けて、本格的に律動を開始した。

肛門を犯しているうち、いつしか前のワレメからも愛液が溢れ、それは白っぽく濁った本気汁に変わっていた。

「ね、ここ自分でいじって」

亮太は言い、まだ絶頂を惜しむように動きを止め、奈緒子の手を取ってワレメに導いた。

彼女も肛門を塞がれながら、空いているワレメに指を這わせ、ノロノロと指を動かしはじめた。

「気持ちいい？」

「ええ……、とっても……」

亮太が徐々に腰の動きを展開しながら言うと、奈緒子は声を上ずらせながら答え、次第に激しく息を弾ませて、指の腹でリズミカルに自らのクリトリスを圧迫しはじめた。

指の動きが忙しくなるにつれ、大量に溢れるミルク色の愛液にまみれた粘膜がこすられ、ピチャクチャと淫らに湿った音を響かせた。

（おばさんは、きっとこんなふうにオナニーするんだ……）

見下ろしながら亮太は思い、高まる興奮に腰を突き動かした。

指でこするワレメばかりでなく、ペニスを出し入れする肛門もヌメリに摩擦され、クチュクチュと音をたてた。さらに、それに奈緒子の熱く悩ましい喘ぎ声が入り交じる。

亮太はもう限界だった。もっと、少しでも長くこの快感を得ていたかったが、もう止めようにも腰は勢いを増して動き、全身が溶けてしまうような激情は高まるばかりだった。

「い、いく……！」

たちまち亮太は激しい快感に突き上げられ、もう奈緒子を気遣う余裕すら吹き飛んで、股間をぶつけるように激しく動いた。

同時に熱いザーメンが噴出し、膣とは違う奈緒子の底のない穴の奥にドクンドクンと注入されていった。

「ああ……」

奈緒子も、満足げに喘いだ。

膣感覚ほどのオルガスムスは得られなかっただろうが、それでも内部に脈打つザーメンの感触はわかったようだし、それにアナルセックス初体験を全身で嚙み締めているようだった。

奈緒子自身が愛撫するクリトリス感覚も、肛門への違和感を和らげ、快感を高める刺激となったようだった。

直腸に満ちる大量のザーメンに、ピストン運動は次第にヌルヌルと滑らかになっていった。

やがて亮太は最後の一滴まで絞り出し、ようやく動きを止めた。

深々と押し込んでジックリ余韻を味わってから、そろそろと引き抜いていく。

「く……」

奈緒子が呻き、まるで排泄するように肛門をヒクヒク収縮させた。

後半は、内圧に押し出され、本当に彼女の排泄物にでもなったようにツルッと押し出され、亮太は力を抜いた。

わずかにレモンの先のようにお肉を盛り上げている肛門は傷つくこともなく、一瞬ヌメリある内側の粘膜を覗かせてから、徐々に元のツボミに戻っていった。

亮太は屈み込んで、もう一度肛門を舐め回した。

「あッ……ダメ……」

奈緒子は、まだ違和感が残っているように喘ぎ、悩ましく肛門を震わせた。

亮太は充分に味わってから、やがて奈緒子に添い寝し、余韻に浸った……。

エピローグ

1

「さあ、こっち向いて。ちゃんと洗わないと……」

バスルームで、奈緒子がボディソープを泡立てて、互いの全身をヌルヌルとこすった。

過去の世界で、優子と果たせなかった一緒の入浴だ。

しかし同じ母屋の同じ場所にあるものの、バスルームはかなり様変わりしていた。昔は薪で焚いていた檜《ひのき》の風呂桶に木のスノコだったが、今はガスで沸かす近代的なバスタブとタイルの床である。

奈緒子は亮太のペニスを念入りに洗ってくれ、やがてシャワーを浴びて互いの全身のシャボンを洗い流した。

「さあ、オシッコして。中の方も洗い流さないといけないわ」

言われて亮太は、わざと奈緒子の足に向けてチョロチョロと放尿した。

すぐにもムクムクと回復しそうなので、流れの勢いは弱く、なかなか出し終わらなかった。

ようやく終わると、亮太は過去の世界でできなかったことを口にした。

「ねえ、おばさんの出すところも見たい」

すぐに平気で何でもしてくれる嘉子とは違う。奈緒子に言うのは、激しく胸がドキドキした。

「ダメよ。出ないわ」

奈緒子は、思ったとおり拒んだ。

自分から少年に欲望を抱き、悪戯したりアナルセックスまで許した熟女も、こと排泄となると激しい羞恥とためらいがあるようだった。

「ほんの少しでいいから」

亮太は強引に奈緒子の手を引っ張って立たせた。

しかし嘉子のように、立ったまま放尿させるよりも、奈緒子にはいつもと同じ和式スタイルでするところを見たかった。

「こうして。気をつけて」

亮太は奈緒子を、蓋をしたままのバスタブの上へと押し上げた。

そこにしゃがませると、ちょうど開いた内腿を正面から見ることができた。

トイレの覗きはできなかったが、これはそれ以上に贅沢な眺めだ。

「い、いやよ、こんなの、恥ずかしいわ……」

「ね、僕だってしたんだから、おばさんもしてみて」

亮太は執拗に言い、奈緒子が蓋の上から降りないように通せんぼしてタイルの床に陣取った。

「ああっ……」

奈緒子は、開かれた股間を下から見られ、羞恥に声を上げた。しかしフラつく身体を支えるため両手は蓋と壁に突き、顔を隠すこともできなかった。

「さあ、しないと終わらないよ」

せかすように言ううち、ワレメ内部のお肉が迫《せ》り出すようにヒクヒクと妖しく蠢きはじめた。

奈緒子も観念し、早くすませようと力を入れはじめたのだろう。

しかしなかなか尿道口がゆるまず、むしろ興奮にヌラヌラと新たな愛液が柔肉を潤わせはじめていた。

亮太は根気よく待った。

わずかな痺れによるものか、上気して桜色に染まっている肌に反し、足首は白っぽく血の気を失くしていた。

しゃがみ込んでいるため、ただでさえムッチリと肉づきのよい太腿が、さらに張り詰めて量感を増し、丸い膝小僧も色っぽく、滑らかな下腹の肌が小刻みに震えて波打っていた。

後ろからも見たかったが、それではオシッコを受け止めることができない。

それでも真下を覗き込むと、ワレメの後ろのピンクのツボミも、わずかに色づいて見ることができた。

「あん……、いいの？　こんなこと、本当にしてほしいの……？」

奈緒子が、ようやく尿意を高めたか、最後の確認をするように言った。

「うん、いいよ。して」

「そこにいると、かかるわ……」

「いいよ。おばさんのオシッコなら汚くないから」

「ああ……」

奈緒子は括約筋をゆるめ、何とも艶めかしい表情で喘いだ。

同時に、愛液にまみれたワレメの真ん中から、チョロッと水流が漏れてきた。

「あん、やっぱりダメよ、こんなの……」

ほとばしらせて、急に夢から覚めたように奈緒子が言い、中止しようとしたようだが、もちろん放たれた流れはとめどなかった。

流れはチョロチョロと勢いを増し、ゆるやかな放物線となって亮太の胸を直撃してきた。

「温かい……」

「い、いや……、どいて、汚いから……」

奈緒子がフラフラと頼りない声で言うが、反対にオシッコは最高の勢いで噴出し、亮太の肌を叩いた。

顔にも飛沫が跳ね、ふんわりした淡い匂いが揺らめいた。

肌を伝って流れた温かいオシッコは、亮太のペニスまで心地好く濡らした。

（これが、女の人の本来のオシッコする姿なんだ……）

亮太は感無量だった。このスタイルで、奈緒子は朝夕オシッコしていたのだ。

亮太は、とうとう顔を寄せ、

「ああ、ダメよ、来ないで……」

逃げようとする奈緒子の腰をシッカリと抱え込んだ。

多少勢いは弱まったものの、かなり溜まっていたのだろうか、まだ長い放尿が続いている。

亮太は流れを舌に受け、香りを楽しみながら飲み込んでみた。

やはり味は淡く、何の抵抗もなく喉を通過した。亮太は完全に口をつけ、奈緒子の聖水を吸収した。

「な、何してるのよ。バカね……」

奈緒子は声を震わせ、懸命に流れを押さえようとした。

それでも、やがて流れは弱まり、放尿が終わった。

亮太はビショビショに温かく濡れているワレメ内部を舐め回し、溜まっている分の液体をすすった。

なおも激しく舐め回しているうち、たちまち柔肉はオシッコの味や匂いよりも、愛液のヌメリと酸味が多く感じられるようになってきた。

「ああ……、もう、いいでしょう。やめて……」

奈緒子が膝をガクガクさせ、哀願するように言った。

「今度はお尻を向けて」

亮太は、まだ奈緒子をバスタブの蓋から下ろさず、向こうを向かせた。

「もっとお尻を突き出して、舐めやすいように」

「は、恥ずかしい……」

奈緒子は蓋の上で四つん這いになりながら、クネクネと腰をよじりながらお尻を持ち上げ、亮太の方へ突き出してきた。

亮太は両の親指で双丘をムッチリと開き、レモンの先のようにやや突き出たツボミを舌先でチロチロとくすぐった。

「あん……！」

奈緒子がキュッと肛門を引き締めて喘いだ。

亮太は充分唾液にヌメらせてから、ヌルッと舌を差し入れ、さらに濡れたツボミに指をズブズブと押し込んでいった。

「ダメ、あうう……！」

奈緒子は、アナルセックスは平気で受け入れたものの、さすがに四つん這いでお尻を浮かせた格好が恥ずかしいのか、かなり感じているようだった。

2

亮太は、唾液に濡れた肛門に人差し指を押し当て、ヌルッと深く差し入れた。

「あぁッ……! い、いやよ……」

奈緒子は拒むように引き締めたが、指は根元まで呑み込まれた。

内部は、まだアナルセックスの名残にザーメンのヌメリがあり、指は滑らかに蠢いた。

クチュクチュと掻き回すように愛撫するうち、ワレメの真下から白っぽい愛液がトロトロと滴ってきた。

「じっとしてて……」

「すごい濡れてきたよ」

「アア……、言わないで……」

「オマ×コ舐めなさい、って言って」

「い、言えないわ、そんなこと……」

「お願い。おばさんの綺麗な声で聞きたいんだ」

亮太は肛門を愛撫しながら、執拗にせがんだ。その間も大量の愛液が溢れ続け、淫らに糸を引いて滴っていた。

「さあ言ってみて」

「こ、ここではイヤ……」

「じゃ、部屋に戻る?」

亮太は言いながら、ようやくヌルッと肛門から指を抜いた。

汚れはないが、指を嗅ごうとすると、

「ダメ!」

バスタブの蓋の上から降りてきた奈緒子が、いち早く亮太の手首を摑み、指を石鹼で洗ってしまった。

やがて二人はもう一度シャワーを浴びてから、バスルームを出た。

身体を拭いて、また客間の布団の上へと戻る。

亮太は、仰向けにした奈緒子に添い寝し、いちばん好きな体勢である腕枕をしてもらった。

「ね、言って、さっきのこと」

「やっぱりダメ、言えないわ……」

「お願い。明日は帰っちゃうんだから。言いながら、僕の顔を跨いで」

言うと、奈緒子は羞恥心と戦いながら、やがてノロノロと身を起こした。

「何だか、言ったら変になりそう……」

実際には、時を飛び越えてもっと変なことになっているのだが、奈緒子は緊張に息をつめ、肌を震わせながら跨ごうとしてきた。

「な、舐めなさい。おばさんの、オマ×コを……」

奈緒子は小さく言い、自分の言葉にガクガクと震えながら、とうとう亮太の顔を跨いできた。

「むぐ……！」

いきなりギュッと顔に座られ、亮太は心地好い窒息感に呻いた。

それでも湯上がりの匂いを感じながら、必死に舌を這わせ、大量の愛液をすくい取った。

「ああん、気持ちいい……」

奈緒子は息を弾ませ、グリグリと股間をこすりつけてきた。

亮太は懸命に舌を動かしながら、いつしか完全に回復していた。

しかし奈緒子は、ある程度舐めさせてから、すぐに腰を浮かせ、そのまま下降して上から唇を重ねてきた。

自分の愛液に濡れている亮太の唇を舐め、舌をからめ、唾液を注ぎ込んで飲ませてから、首筋を舐め降りていった。

乳首を吸い、嚙み、やがて真下に下降し、とうとう亮太の開かれた両膝の真ん中に身を置いた。

股間に熱い息がかかり、内腿に髪がサラリと触れた。

奈緒子は指を添え、上品な口の開き方をしてパクッと亀頭を含んだ。

そのままモグモグと唇を蠢かせながら吞み込んでいき、喉の奥までスッポリと含んでしまった。

口の中を引き締め、チューッと強く吸いながらスポンと離し、今度は陰嚢をしゃぶり、脚を浮かせて肛門まで舌を這わせてきた。

そして充分に舐め回してから、再びペニスを含み、スポスポと顔を上下させて唇で摩擦してきた。

「ああ……、いきそう……」

亮太は急激に高まり、腰を抱えている奈緒子に手を重ねて悶えた。

奈緒子は、さらに激しいリズムで摩擦し、熱い息で亮太の股間をくすぐった。

もうこのまま出していいということだろう。

亮太も我慢するのをやめ、うっとりと奈緒子の舌の蠢きと唾液のヌメリ、口腔の温もりと感触に身を委ねた。

たちまち、身体中が奈緒子の甘い匂いの口に含まれているような感覚に包まれ、大きな快感に貫かれてしまった。

「で、出ちゃう……！」

思わず口走り、身を震わせて絶頂に達しながら、ありったけのザーメンを奈緒子の口の中にほとばしらせた。

「ン……」

喉を直撃され、奈緒子は小さく鼻を鳴らしながらも口は離さず、そのままモグモグと唇を引き締め、内部の舌の愛撫を続行した。

熱いザーメンにまみれた亀頭が、柔らかな舌に転がされ、奈緒子はたまに口の中をキュッときつく締めつけてはゴクリと喉を鳴らして飲み込み、なおも余りを貪るように強く吸った。

「あう……！」

脈打つリズムを無視するように強く吸われると、快感が倍加した。まるでペニスが一本のストローと化し、陰嚢から直接ザーメンを吸い取られているような激しい快感に、亮太は呻いて思わず身をよじった。

それもようやく波が治まり、亮太は絞り尽くし、奈緒子は最後の一滴まで飲み干してくれた。

奈緒子は満足げに口を離し、まだシズクを宿してヌメっている尿道口を、優しく舐め回してくれた。そのたび、射精直後で過敏になっている亀頭が、ヒクヒクと反応して震えた。

そしてチロリと舌なめずりし、仰向けでグッタリしている亮太に添い寝し、また腕枕してくれた。

亮太は甘えるように奈緒子の腋に顔を埋め、巨乳に手を這わせて彼女の甘い吐息を感じながら快感の余韻に浸った……。

3

その夜は、伯父の平成も帰宅して、三人で奈緒子の手作りの豪華な夕食を囲んだ。

残念ながら、伯父がいるので夜は亮太も一人で寝た。まあ、昼間何度も楽しんだから、最後の夜ぐらい一人でもいいだろう。

引き戸は、その後も何度も試してみたが、やはり時間の抜け穴は完全に閉じられ、もう過去へは戻れなくなっていた。これは亮太にとって、ひと夏の夢のようなものだったのだろう。

土産は、六十五年の時を経た、ボロボロの『よくわかる昭和史』の本だけだった。

やがて亮太は眠り、断片的に佳代や嘉子、サダ子や淳一郎の夢を見た。

翌朝、亮太は顔を洗い、朝食をすませてから帰る支度をした。伯父は、今日も遅い出勤らしく家にいた。

亮太は帰る前に、仏間の誠太郎の写真に挨拶し、やがて南条家を出た。

「駅まで車で送るわ」

奈緒子が言ってくれる。

「いえ、そこらを歩きながら、ゆっくり帰るから」

「そう、じゃまた冬休みにね」

「ええ。お元気で」

亮太は門のところで伯父伯母に挨拶し、一人で歩きはじめた。

（いろんなことがあったなあ……）

亮太は町を見回しながら、現代と昭和十年の風景を重ねて歩いた。

そして駅へ向かう通りに出たところで、亮太は道を訊かれた。

「高輪の源昌寺通りはこちらですか？」

腰が曲がり、杖をついた八十前後の老婆だ。

しかし言葉遣いも足どりもしっかりしていた。

「ええ、あの角を左に曲がってまっすぐです」

「どうもありがとう」

老婆は丁寧に辞儀をして、杖をつきながら歩いていった。

（え……、今のは、まさか、佳代さん……？）
二、三歩、歩きはじめてから亮太は思い当たった。どこかで見たような顔だと思ったら、確かに佳代の面影があった。
三月の大空襲の後に地方へ疎開し、それきりになったと言っていたが、それが戦後五十五年ぶりに南条家を訪ねてきたのだろうか。

亮太は振り返ったが老婆はすでに角を曲がり、真夏の陽射しの中、街並みが陽炎に揺れているだけだった。

◎『熟女と少年　禁姦肉指導』（二〇〇九年・マドンナ社刊）を一部修正し改題。

二見文庫

伯母《おば》の布団《ふとん》

著者　睦月影郎《むつきかげろう》

発行所　株式会社 二見書房
東京都千代田区神田三崎町2-18-11
電話　03(3515)2311［営業］
　　　03(3515)2313［編集］
振替　00170-4-2639

印刷　株式会社 堀内印刷所
製本　株式会社 村上製本所

落丁·乱丁本はお取り替えいたします。
定価は、カバーに表示してあります。

ISBN978-4-576-20064-4
https://www.futami.co.jp/